冯杰 著

河南文艺出版社
·郑州·

目　录

星期一

星期二

星期三

星期四

星期五

星期六

星期日

我是把一幅画当作一篇散文来写的，或者把一篇散文当作一幅画来画的。

画家如何一头准确地扎入颜色而不是酱缸里，这靠选择的角度。我的绘画基本功差，表演纸上功夫会大显拙劣，所以看官不能以严格的绘画技巧来要求，那样有点抬举了我腕底一管狼毫，结果只能南辕北辙。你必须以文字水平标准来衡量颜色，以草茎来测量河流，看一幅图画是否表达出诗词的平仄。

意境大于笔墨技巧一直是我的纸做的挡箭牌。有这样一方玄虚的挡箭牌，我就可以随意添加语言，增删口水，羊角上挂满成语，随意加宽蟋蟀的道路和雪山头顶上的朱砂。

看色如读字。

我是一个可以把王维折叠起来行走的人，怀揣苏东坡像揣一个烧饼壮胆的人，那一刻，让你在纸上听到风声雨声咳嗽声叹息声。

2008年11月

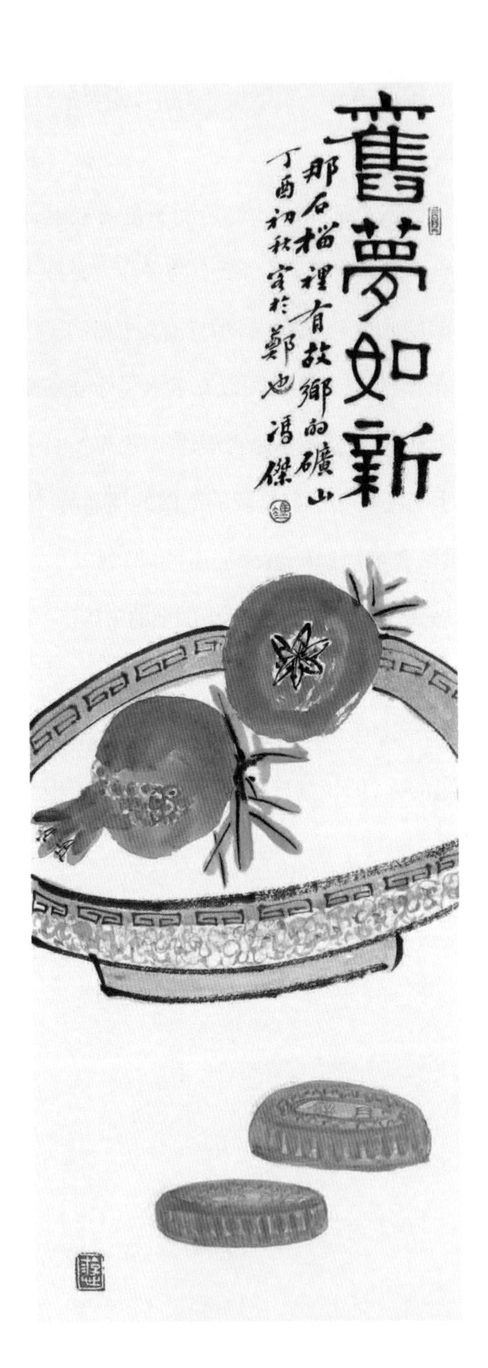
舊夢如新
那石榴裡有故鄉的礦山
丁酉初秋寫於鄭地馮傑

名参十二宿，花入羽毛深。

[唐]徐夤

鸡事·起兴之法

我小时喜欢看一村的繁华和热闹，譬如斗鹌鹑、斗蟋蟀、斗羊、斗狗、斗牛。后来理想扩大，往往跟着好事者跑十几里乡路开阔世界观，用以丰富人生阅历。北中原诸多的二大爷饿着肚子却余兴未尽。

斗鸡是常见的娱乐活动。斗中方显精神，斗时人会比鸡还急躁。

现在我有一玩友在开封，是河南省斗鸡协会成员，他们那组织简称“鸡协”。我心痒了，问咋办手续，他说，鸡协比作协都难入，行贿都难，得靠鸡。

那时我们村里一直有个误读。譬如村谚“大公鸡，尾巴长，娶了媳妇忘了娘”。我认为这不是公鸡的错，是诗的一种写法，属于“起兴”之笔，有的村采用“花喜鹊，尾巴长”起兴。总之无关乎鸡，全是他娘的孽子的缘故。

先人说鸡满怀敬意。

我姥爷说正月初七前都是“畜日”：初一是鸡日，初二是狗日，初三是猪日，初四是羊日，初五是牛日，初六是马日。六畜排完了，轮到初七才是“人日”。

过年贴门对，我姥爷连鸡窝上都要让我贴幅红字，上书“鸡有五德”。

我姥姥早晨抽掉鸡窝的砖后，会摸一下鸡屁股，看看今天哪只母鸡媲蛋。我姥姥说“没有鸡狗不成家”，有了这一颠扑不破的理论，每到初春，那些远村的鸡贩子来到村里，姥姥都要开始赊新年的小鸡。日子便有了寄托。

鸡史·芥末的功能

鸡在北中原分为两大类：下蛋的叫鸡，小家碧玉；专门玩斗的鸡叫打鸡，脖长腿粗。

天下不是所有鸡都善斗。

中国鸡史上第一次记载斗鸡活动的事件在齐鲁大地发生，《左传》这样说：“季、郈之鸡斗，季氏介其鸡，郈氏为之金距。平子怒。”

把一只斗鸡都像当年美帝国主义一样武装到牙齿了，还透露出最早的化学武器芥子弹的尝试。

《史记》记载详细：“季氏与郈氏斗鸡，季氏芥鸡羽，郈氏金距。季平子怒而侵郈氏。”

他们斗鸡要在鸡翅下面抹上芥末油，用于提高斗志，或刺激对方的眼睛。有学者认为“介”是介胄之介，是为鸡戴盔上甲。有人倾向于同音之“芥”，属假借字。

我认为芥末一说显得热闹，情节里也有刺鼻气息，还有看点。庄子吊诡，认为“鸡畏狸”也，在鸡头上涂抹“狐狸膏”更有暗

詩有世家
文冠為首
丙申馮傑

氣傲皆因
經歷多
心平只為折
磨多 壬寅
馮傑

示作用。现在我季节性支气管炎复发每咳嗽必喝“雪梨膏”,其成分里有枸橼酸,我不知“狐狸膏”所含成分。前年和南方一好事者闲相语,他说荣肌霜又称“狐狸膏”,配方起源于畲族的一种古老药膏,专治牛皮癣,不含枸橼酸。

汉代皇帝开展的主要全民运动就是斗鸡。

早先,汉高祖问他爹心情不好的原因,他爹答记者问一般自省:“平生所好,皆屠贩少年,酤酒卖饼,斗鸡蹴鞠,以此为欢。”意思是爹就喜欢斗玩,不喜欢发展建设。汉高祖的重孙刘余是汉景帝之子,不仅喜欢斗鸡,还增加了斗争范围,喜欢斗鸭、斗鹅。到汉武帝时,属鸡的汉武帝喜欢斗鸡,常邀请友好人士上观礼台一同观赏斗鸡活动,不怕劳民伤财。汉宣帝刘询是一位真正的斗鸡爱好者,“亦喜游侠,斗鸡走狗”。

中国人对斗有传承,对斗有天生乐趣,或继承或坚守。至今国人血液中残留有斗鸡基因。

鸡诗·风雨如晦,鸡鸣不已

只有《诗经》里才冒出嘹亮的鸡鸣。

如今能听到鸡鸣的多为温馨少霾之处,非郑州CBD(中央商务区),非央视大楼,非政府广场,非经三路$PM_{2.5}$超标处,非肯德基。鸡叫之地也多为小县、小镇、小村、小胡同。下榻豪华五星级饭店断然不会听到鸡叫,但会有猝不及防的电话,叫你先生。

那些年我们村里无国际时差,定时是以鸡叫几遍为标准之乡村时间,然后启程者踏霜、赶路、苦旅、颠簸。乡村鸡鸣可谓“一唱启道”。后来乡村中电灯光出现,慌乱里,那些鸡乱了时间概念。

我上小学时,我姐买过一本长篇传记小说《高玉宝》,让我粗看,有一章节叫《半夜鸡叫》,还收入了语文课本。老师让我写过中心思想。是说地主周扒皮为了让长工们早一点下地干活,他提前钻到鸡窝里学鸡叫,鸡一叫长工们便得出工,这样能多干活;后来被众人设计当贼痛打一顿,惊动家中下榻的鬼子出来,又开枪补上伤腿,周扒皮钻到鸡窝里弄得满头鸡屎。

四十多年后,有探索者对我说高玉宝的故事是出于某种需要,编的,大自然光合感应,感受不到东方曙光隐现的信息,公鸡半夜根本不叫。有亲戚问高玉宝:“大舅,有半夜鸡叫这事吗?”高玉宝说:“咱这儿没有,不代表全国其他地方没有。”

我想这回答好,其他地方有。两千多年前,孟尝君手下人就让函谷关的公鸡拨快时针,提前了两个钟头打鸣。

因为《高玉宝》题材属于“非虚构”,那个故事让周扒皮一辈子都带着鸡屎的味道。

气味渍到骨子里永远洗不掉。

陶淵明家的雞

少無適俗韻性本愛丘山誤落塵網中一去三十年羈鳥戀舊林池魚思故淵開荒南野際守拙歸園田方宅十餘畝草屋八九間榆柳蔭後檐桃李羅堂前曖曖遠人邨依依墟里煙狗吠深巷中雞鳴桑樹巔户庭無塵雜虛室有餘閑久在樊籠裡復得返自然

此陶五柳歸田園居詩也 丁酉初馮傑

鸡屎·鸡屎白

我得了肩周炎，有让做小针刀的，有让爬墙的，有让练八段锦的。我找到工一街私家门诊胡小仙。这缘故以后交代。号脉后他说：这服药叫鸡屎白。

他说鸡屎治疗肩周炎，鸡屎白就是鸡粪上的白色部分，取鸡屎、麦麸各半斤，放锅内慢火烤热，加酒精，混合均匀后用布包好，敷于患处，每日一次，十天一疗程。

他学问自有传承。像他爹一样，他给我讲《本草经疏》载“鸡屎白，微寒”，《医林纂要》载“鸡屎用雄者……取其降浊气，燥脾湿……打跌伤，酒和鸡屎白饮之，瘀即散而筋骨续矣”。他说后一种疗效更好，起笔，要开药方。

我说这不是让你叔吃鸡屎？你叔经常吃各种冠冕堂皇的屎。你改个其他方子吧，你不说我还吃，你一说我就不吃了，加蜜也不吃。

我是一个唯心主义者，喜欢我姥姥说的“眼不见为净”格言。

我还喜欢暗示。

鸡食·传说的暗示

那一天，我和姥爷搓麻绳，一掌绳索在空中纠缠。姥爷问："你知道公鸡寨吧？"公鸡寨是我们邻村。

我说知道，前年我还偷过那村一捆豆秸，差一点被村西头老田家的狗咬住腿。按说还沾一点亲戚呢。

我姥爷说，公鸡寨的狗倒不厉害，厉害的是鸡。老田一家人没在大伙食堂那些年饿死，得益于一只公鸡。

下面故事开始虚幻生成。

话说村里人都饿死得差不多了，这一天从上道口的路上走来一个孩子，额头上有一块鸡冠红。这红孩子非要认老田他爹大老田为干爹，或者干爷也可以。大老田暗笑，识破这红孩子的阴谋，这年头你不就是想吃一口饭吗？

那准干儿子说，你要是不认我，留我住下就行。大老田说我家整天还吃不饱呢，你不嫌弃就在院里那堆柴火里睡吧，那里暖和。

以后那孩子鸡叫头遍天不亮出去，晚上鸡回窝才返回，身上口袋里带回来的都是粮食：大豆、玉蜀黍、高粱、谷子、黑豆、豇豆、绿豆，有的还粘着鸡毛、鸡屎。大老田奇怪：这年头咋还有粮食？你去道口镇逛荡了？

红孩子咯咯笑了，夸张地说，爹，我是一个村一个村飞的，一天飞二十个村，都快使死了还没飞到道口，飞到恐怕就成烧鸡啦。

百度
衆裡尋
他千百
度驀然
回首
那人卻在
燈火闌
珊處
丙申末 馮傑

说得大老田也笑了。反正有粮食下锅就行。大老田一家人就靠这孩子捡来的粮食度日,没有饿死。

快到春节了,那红孩子对大老田说,爹,我病了,全身没有力气,两只胳膊都抬不动。大老田知道这孩子是累倒了,就说,熬一锅葱胡子醋热水喝,发发汗睡吧。

夜半,大老田去给孩子掖被子时,朦朦胧胧,孩子额头上那块红像鸡冠,又一摸,身上都是毛茸茸的,黑夜里,鸡翎闪着蓝光。

四十多年过去,亲情、友情、爱情,大体一样,走着走着就散了,只剩下叹喟。这是我听到北中原最好的鸡的人道主义故事,叫鸡道主义。

2017年1月1日,听荷草堂

你携带着山水来到城市，笔下开始造雨造风。

院子摆在心中。四尺的院子或斗方的院子、丈二匹的院子。它简单、简朴、简陋，近似“三简堂”，却是一座自己呼吸水墨的院子。满院叶子上盛满鸡啼和露水。

故园蟋蟀越过月色，越过青苔和比时间更厚的那一层铜锈，下笔往往会碰掉铜屑。

想一想，艺术家一辈子无非就是为了画好自己心中的那一座院子。从一座实的院子到一座空的院子、抽象的院子。为了好院子。

一纸好空的院子。天空嘹亮的院子，何处摆星布云，你都在胸。你一辈子在填着矿石颜料，靛青、曙红、三绿。填着山水的声音和故乡的呼吸。院子的白鬃飘起，忽然叫唤。

2017年3月19日，客郑

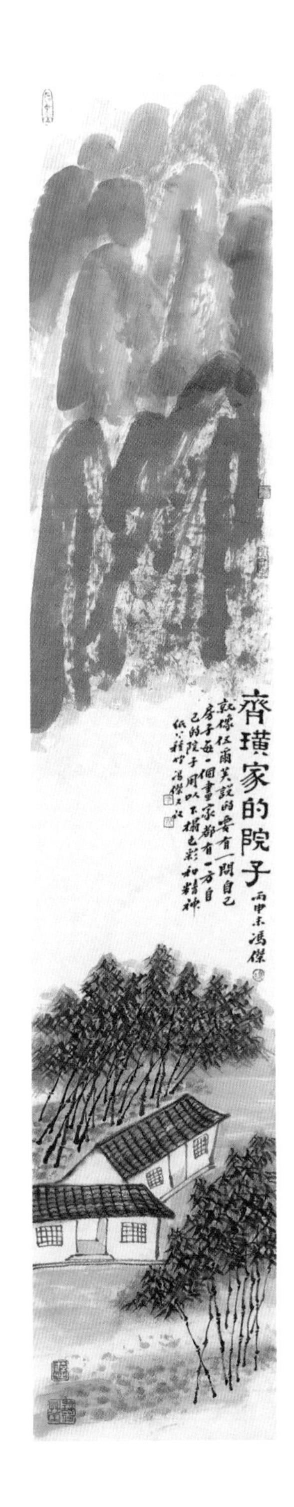
齊璜家的院子
丙申冬 馮傑

一園之中置身一叢玫瑰一香芬芳
馥鬱陽光溫柔撫摸樹影紫色飛舞
蕩漾我身潺潺流流永不停息猶如愛
情需要指引微風拂面我心輕吟所有
感傷遠離我身漫漫長夜如斯來臨
天涯何處許我尋覓
玫瑰一叢容我棲身
困擾心頭久不離去你
若離去何時再回一
園之中置身花叢

我早起有晨读习惯，随手摸一把书，便超越了体裁。这次看到的是美国诗人勃莱的诗句：

从暗淡的公路上归来

晾晒的衣物在绳子上看起来多么平静

一个不插花的人是看不到这种细处的平静的。一个非远行者，归乡时是看不到这些平静的。一个不喜欢开窗者，不会看到散步的风。

不信可以问一下：谁看到青苔的皱纹？谁看到楮桃树叶之腮？除了晒衣者，就没有一双慧眼了。

现在，高楼高于竹笋，立交桥高于草木，一城市的人都不在绳子上晾衣服了。有诗人的视觉发生变化，开始写历史的抛物线、时代的风景线。这些我都没有看到，大都是粉饰太平、麻木人民的句子。我看到的是，人们已把那些干净的衣服一件一件自己弄丢了。

后来，连那一条晒衣绳也丢了，它转化为一条瞬间的闪电。即使是瘦电，也稍纵即逝。

2016年5月29日

“书犹药也，善读之可以医愚。”西汉刘向如是说读书。

我觉得他是个药篓子。吃药不少，有经验。刘是古人，古代书少，没现在书多。有好事者统计过，“四书五经”全部经典著作加在一起，也没现代一本长篇小说《青春之歌》的字数多。我平时也常见作者简介上，最后多有一句“创作发表作品一百多万字”。

如果一个女人说话频率之高可抵三百只鸭子的话，现在一个作家写的字数之多可顶六十个老子、五十个庄子、三个墨子、一个孙子。

古人学富五车，仔细算“学富”就不太多，书上的字是一一刻在竹简上，若是炖肉的话，一卷竹简烧不熟一个猪头。

我们现在读书多，吃药更多。我不管别人，反正我是吃错药了。

许多有话语权者经常指导大家如此吃药，自己不是李时珍，只是李时珍药笺边上一过客，是要煮的那个猪头。

“风吹哪页读哪页”是我理想的读书态度。躺着读书，看上面摇晃的木瓜。我二大爷说，是药三分毒；我说，是药也能吃饱肚子。

2022年5月23日

書猶藥也善讀之可以醫愚
此漢劉向語 但是我喫錯藥了
壬寅初春寫於鄭也 渭傑記

书房里一定要有一枝花。

人不读书，花可读书。

一个人一生会见到许多张荷叶，完整的或残缺的，会有许多张荷叶与现实主义有关；但是你一生里，终会有一张和超现实主义有关的荷叶。

那些年，我在乡间短暂地漂浮、幻想、沉醉、虚幻、迷茫。

三年前，我拿一张荷叶，小心翼翼地包着一片青瓦埋在地下，不知结果。三年之后打开，想不到，竟变成装满“状元红”酒的一个青花酒坛。裹着立体的荷叶。

如果不是吃错药，你相信吗？连我也不信。

一生现实里，总会有一张和超现实主义有关的荷叶。

2015年12月2日

你未看此花時此花与你
同歸於寂你来看此花时
則此花顏色一時明白起来
便知此花不在你心外 王陽明句也

那些年，自行车一直是小城里主要的交通工具。

我家有辆“永久牌”自行车，过去从长垣到滑县，两地都是骑自行车来来往往。我姥姥说，路都“碾亮”啦。村里更多人家还没有自行车，有人相亲或走亲戚，会小心翼翼地问，你家洋车今儿个闲不？那是要借车。

我上班时，乡村营业所几位老职工，没事就围着自己的车子打磨擦洗，还在前后轮子间缠两个红红绿绿的装饰物，叫“毛毛虫”。有货源门路的，会在车梁上缠一层报废的电影拷贝。这些再也上不了银幕的黑白故事，开始以另一种形式行走在路上，讲述颠簸。

我有机会也会骑着自行车在大堤上兜风，一气顶风蹬十里。痔疮都是那时“大撒把”嚣张时潜伏下来的卧底。

改革开放后，小城逐渐进来型号不同的摩托车，还有所谓“水货”，左右邻居家家都有了摩托。我看了看浅浅的存折，决定还是骑车。那些摩托车曾在港台电影里闪现，也下来了，摩托开始游走于小城巷道，在平静生活里横冲直闯。

再后来，“企业家”一词出现，企业家不断升级名车；接着有了富二代的炫富飙车，呜呜响声布满半夜的小城。

车是时代进步的象征，和好坏无关。

因为胆小，我现在还不会开车，只是会骑自行车。表嫂一直鼓励我，都啥年代啦！车只是代步工具。还说车最好开了，是猪都会。但表哥会表嫂一直不会。

那些年自行車是小城主要
交通工具後來有了摩托可以橫
衝直闖了又後來有了名車可見
飆車我到如今只會騎自行車
我說喜歡自行車慢時代
壬寅馮傑

我至今没学开车是怕太出色当“车王”。我说年轻时不玩则已，玩啥都要弄出名堂。年纪一大烟火便小点，觉得这辈子当赛车手没希望，意义不大，不开车。一直喜欢骑自行车，内心深处不过是喜欢自行车之外的慢观念而已。

丁酉初秋到千里之外的漠河北极村逛荡，见到大豆田边孤零零站一辆老式车子，主人正在田里锄草，我马上骑着在乡路上过了一圈车瘾。在边城极地，蒙蒙细雨里，分明是多年前我丢失的那一辆车子，弥散着熟悉的气息，像故人别后重逢。

自行车是生活的一个符号，是慢生活的一个logo。

太太把我说得透彻，不买车不只是闲心，实际上是手头紧，紧。怕花钱，钱。

2022年5月24日

我父亲把好木质家具称为细木家具，一般木质的称为柴木家具。

照以上性质归类，我家使用的家具都属柴木家具，质地多为杨木、槐木、桐木、榆木、楝木、椿木。我记得父亲共有两次请来乡村木匠打家具，吃住都在家里。我和师傅同一个桌上吃饭，四个菜，每顿给师傅上一瓶酒，不管他喝不喝。

第一次是我姐要出嫁，第二次是我要结婚。父亲说自家打的家具用料大，显得“实落”。

大件家具打完了，再做大椅子。剩下的碎木料扔了可惜，父亲让木匠师傅拼凑一下做几十个小椅小凳，我负责刷漆，上桐油。柴木小件排了一院子，晾干后分成四份，姊妹四家各自带走。

姥爷去世几年后，我回到滑县留香寨旧屋，姥爷平时坐的那一把圈椅还在。为了纪念，我把圈椅带回长垣书房，摆在听荷草堂里。闲时在圈椅上面坐坐，时光恍惚，听一院子的空风。

这是姥爷仅存的一把单椅，当年椅子旁边是一张八仙桌，桌后挂一副紫红色的楹联：“诗歌杜甫其三句，乐奏周南第一章。”夏天地下的蝉的幼虫钻出来，有的爬到桌子腿上，成虫飞走了，只留下一具蝉蜕。

村里坐具不讲究，以敦实耐用为主，谁家有红白事多是借用桌椅，在北中原乡村墙上，常会看到白灰写的广告：××家里租赁桌椅碗盘。

椅子在我的视野里出现晚，“椅”字在历史里出现早。我看到《诗经》里有“其桐其椅”一句，就考究，终知道这不是一把椅子，这个“椅”是古人称的木材，椅和梓、楸都是一个意思。

我一直想写一部“书法和家具”发生关联的胡扯书，平时对中国家具留点小意思。知道中原人能坐上椅子是《诗经》年代以后的事。汉魏时期的“胡床”和椅子最接近，大概是椅子的前身；唐代以后椅子分离出来，逐渐完善；到宋朝成为可坐可折叠的“交床”“交椅”，宋江们吃酒表彰，多是论“坐第几把交椅”，没有说“坐沙发”。“那一日，史进无可消遣，捉个交床，坐在打麦场边柳阴树下乘凉。对面松林透过风来，史进喝采道：‘好凉风！’正乘凉哩，只见一个人，探头探脑在那里张望。”家具，家具。我崇拜的少年英雄史进是坐在一把交椅上，才看到打兔子的李吉。

到明代才是椅子的黄金时期，榫卯交叉。从海瑞到郑成功到万历，成功人士屁股下都坐一把黄花梨椅。全是细木。

三十岁前，我是在遍地柴木的环境里长大，明朝黄花梨家具是后来在王世襄的图文里接触，我先看到平面的，后看到立体的。到了2005年，在郑东新区CBD，一位昔日的行长成了黄花梨收藏家，请我欣赏一把椅子，让我坐一下试试，他说这一把椅子拍卖行达到百万。

本想坐试，他这一说我不坐了，我说我是粗屁股，一坐至少打五折，椅子就不值钱了。

2017年5月16日，客郑

文学院内有一棵大桑树，我写字称作“文学桑”。每年成熟，果实发紫，别人都来吃葚，我则捣碎制浆水当颜料。桑葚汁新鲜时画过梅花、牡丹。这次用沉淀的桑葚汁液画芭蕉，颜色厚重奇异。加上两只鹌鹑，文学院的鹌鹑自然随着叫了“文学的鹌鹑”。日本画家津田青枫有作品《鹑衣》。鹑衣在汉语里，意思为补缀的破旧衣衫，鹑衣蔽体。《荀子》里有“子夏贫，衣若县鹑”。

清代讲究“衣冠禽兽”。文官八品的补子是鹌鹑，刺绣的鹌鹑相当于如今将军的勋章。古人对汉字讲究精准，把“鹌”和“鹑”当作两种鸟。鹌鹑之“鹌”与安全、安康、安居、安详之“安”谐音，无聊者延伸为具有“事事平安”“安居乐业”等象征意义，狡猾的画家还可牵扯上“安全生产月”“平安保险”“安全套”。这便诱使历史上走市场的画家喜欢画鹌鹑。齐白石手里掌握着千把只鹌鹑，或卧或站。我姑姥爷也喜欢玩鹌鹑。

鹌鹑生性好斗。男鹌女鹑。文坛上大家多喜欢斗。鲁迅年代用笔斗，当今改笔为嘴斗，用的是“文学减法”。速度上去了，只是风度稍逊。

笔斗易留下手稿，嘴斗易留下嘴毛。

2022年5月27日

不鬥爭還能叫鶺鴒嗎
壬寅春又看到國人的鶺鴒性
寫於鄭
馮傑

我对佛学涉及肤浅。佛海之大,浩渺无穷。我怕淹死,只能渡到禅宗,止,为止。且要避实就虚,多喜欢野狐禅。

我所理解的禅的要义为所答非所问,一定要失彼顾此、声东击西。譬如:公案上说,什么是佛祖西来意?答:昨夜三更月在池,或麻三斤。亦可答:我在青州做了条布衫,重七斤半。亦可答股票上升十二点。如问:何为达摩东渡也?答曰:导弹呼啸红旗卷。亦可答:速溶咖啡有苦香。

诸行事风格多为云里来雾里去,你看过《西游记》吧,答案多不靠谱也。或说看你修行如何?机锋如何?慧根如何?

禅宗到六祖而衰落。云深不知处,无童子也无松树。近年大国崛起,我掐指一算至少有十几亿人要一块儿做中国梦,禅宗又开始盛行,譬如某发言人所答记者提问,譬如某官员主席台上言行录。各位大爷多是顾左右而言他言她言它。善哉,吾辈有幸,我觉得此风深得六祖衣钵。活在这种道场里也是一种自在活法。

这样一来,不免出现曲解和误读,单纯引出复杂。

给我印象,打禅就是“打岔”。北中原方言里打岔又叫“打机慌”,打机慌本意又接近相声里的“捧哏”。捧哏是为了逗笑。逗笑是为了让大家肚子顺气。

前天读诗人周梦蝶一诗《于桂林街购得大衣一领重五公斤》,先生写诗,没有讲禅,里面倒是挂有禅,那一领大衣裹着江湖山水飞走了,两腋山水簌簌作响。

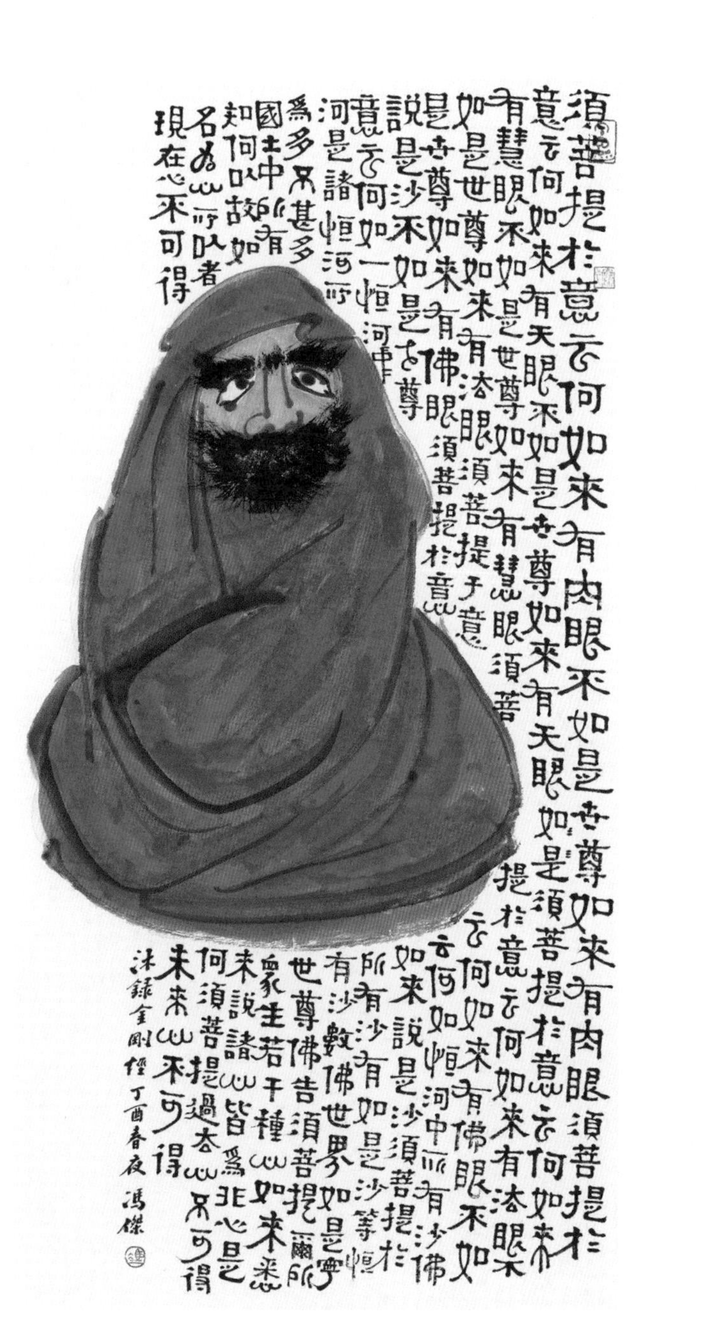

須菩提於意云何如来有肉眼不如是世尊如来有肉眼須菩提於意云何如来有天眼不如是世尊如来有天眼須菩提於意云何如来有慧眼不如是世尊如来有慧眼須菩提於意云何如来有法眼不如是世尊如来有法眼須菩提於意云何如来有佛眼不如是世尊如来有佛眼須菩提於意云何如恒河中所有沙佛說是沙不如是世尊如来說是沙須菩提於意云何如一恒河中所有沙有如是沙等恒河是諸恒河所有沙數佛世界如是寧為多不甚多世尊佛告須菩提爾所國土中所有眾生若干種心如来悉知何以故如来說諸心皆為非心是名為心所以者何須菩提過去心不可得現在心不可得未来心不可得
沐錄金剛經丁酉春夜 馮傑

在颇有希腊哲学风味的雨声里,我只看到一条诗句子般的那一截蓝色衣领。

2016年5月

冬天，窗外在落雪。小杰对我说，你耳朵里肯定有蝉叫声吧？话题突兀。

那年我才四十岁，副股级。我佩服极了，咋这么料事如神？

我已习惯，总以为冬天城市街道里布满蝉鸣。冬季蝉鸣是声音错误，蝉鸣是病，不是天籁。

中医专业断为耳中轴神经受损。

名人不是也多耳鸣？音乐家贝多芬深度耳鸣，直到最后全然听不见，竟创作出好声音。科学家居里夫人耳鸣，不影响发现放射性元素。郭沫若最次，组合诗行，最后佩戴助听器，他的《科学的春天》我在小学课文里读过。

耳鸣者缺点是再也听不到赞美和掌声。

我的一位书法家朋友高明彤专注现代书法，探索到后来耳朵也不好，先耳鸣，后严重，二十五岁早早佩戴助听器。一次书法展上，我看他耳朵眼里吐出一条精致细线，吃一惊，你这么早要当郭沫若？

他说，耳鸣有好处，听不到别人远处骂我写丑书。

高明彤后来没郭沫若的官大，字没郭沫若写得流畅热闹，耳鸣一直比郭沫若严重。

我找医师治过耳鸣，针灸过，不见效果。现在满耳蝉鸣，不分春夏秋冬。想起那年冬天小杰的判断，那时是耳乱，现在是心乱。

大概自己要把蝉鸣带到地下了。蝉鸣来自大地，还回归大地。

我才想起蝉是故乡的歌手。

2022年3月

居高聲自遠當吟故鄉聲
前句老虞後句老馮以借前勢共助蟬鳴 庚子初春寫鄭中原馮傑記

西瓜从瓤到皮兼子都可画可记。西瓜足可细细雕花。

没有西瓜领子、西瓜袜子、西瓜鞋子之奇喻，只有“西瓜的衣服”。

一般人吃完西瓜要把瓜皮扔掉。我看到淑女们吃西瓜时，小嘴吮几口，多要留厚厚的瓜皮，以示风度优雅。让我看到疼惜不已。如果在村里，大庭广众之下西瓜皮啃得过薄，有人称之为“下三儿”，词意是贪婪，吃起来没成色。

我是啃西瓜皮出身，且一直啃得透亮，本色不改。

西瓜皮做菜都是使用自家吃剩的瓜皮为原料，切片，撒盐，凉调或清炒均可。配红椒有视觉之美，吃起来别有一种味道。后来，我还把一只鸡装在掏空的西瓜里，用竹签封口，开始清蒸，西瓜鸡蒸出来时，全身一抖擞，一鸡清气。

西瓜皮纹路好看，斑斓，卧在沙地上，像绿色的老虎。

早年村里有一位堂姐，为生计远嫁到新疆生产建设兵团，有一年回家，吃瓜时给我讲在新疆的一个故事，其他情节我都忘记了，吐了一盘子黑瓜子以后，单单记住一个瓜皮细节。说一个人行走在新疆的路上，吃完一块西瓜有一个习惯，瓜皮多不随便扔下，讲究，要瓤朝下、外皮朝上放在路边，目的是预备给下一个瀚海苦旅者应急。

这近乎西瓜美德之一。

可惜我忘了问这是西瓜哪一年的美德。

童年时北中原西瓜的好处我不多说了。

西瓜舍不得买整颗,街头瓜贩桌子上放一把刀,可以论块来卖。我买的是一毛钱一块。四十年后我在郑州这个城市为客,记住说的那一个西瓜细节。

在一个宴会上,祝酒词还没有结束,我看到几块杀开的西瓜,放在白盘子里。桌边一个孩子刚好比桌子高一点,瞪着一双葡萄眼。祝酒词在继续,忽听那小孩子说:盘子里那些西瓜都没有穿衣服。

2014年8月6日,客郑,白米芥菜居

治大國如啃瓜皮須一口一口的来
仿老子的口氣也
丙申初於鄭聽荷草堂主人喫餅時若有思也
馮傑

按说白眼不能列入风物，只是一个表情。属于动作。

现在作家多不敢翻白眼，风大，日烈。过去鲁迅在这岸翻，隔些年份，柏杨李敖们在那岸翻。后来有人考证，大先生翻白眼也有玄机，不是见人都翻的，此处不提。

往上追溯，再早一点阮籍是中国知识分子翻白眼之典范。他从下往上翻。定格，有力度。

当下也有翻白眼，翻得有趣得紧。不料，你一翻，便有医院院长强迫你合上。但你也要翻。王小波死了，还有其他的小波。

极少数散文家在翻白眼，他们都没有八大山人白眼翻得好。八大山人不写读后感和社论，两袖染墨，在白纸上翻白眼，让鱼来翻，让鸟来翻，让荷花让莲蓬们来翻。属一种借翻。如果他写散文，是白大于青。

多年来，我未见过“八大山人”，我见到更多的是“九大水人”。

2015年12月，客郑

處世以實
待人、文学
以虛受人
但人世
間有時
也需要
翻白眼以
及本善面
烏鴉嘴也
壬寅初
潘傑一哂

你读到某某熟悉作家的作品，心胸一窄，以为某一段某一句是写自己的。句号会咳嗽一声，说，看官这货，纯属自作多情。

作家写作的时刻，状态是打了鸡血、抽了大麻、犯了灵感羊角风，面对的是泛人类，是十四亿人民，就像当年我登上孟岗黄河大堤铁塔，以为下面站的是全镇两千男女人民一样。

你脚下垫星星了吗？你算哪棵葱？

2022年5月11日

雙脩

入世剥葱切薑搗蒜出世插花燃香品茶前句正當人間謀生後狀難得喫飽撐的

壬寅初潛傑

在城市雾霾里，一位在茶坛喜欢讲经布道的朋友从杭州商会归来，交给我一个透明小袋子，里面装满一袋子黑暗，第一感觉竟像枪药，让我揪心。他先不道明，只是神秘地说尝尝。

我掂在手里再仔细看，皆褐黑色颗粒，大小是小米的二分之一。我问，莫非是罂粟籽？他知道我喜欢折叠那些妖艳的罂粟花夹在《搜神记》里来凌晨做梦，我也知道罂粟籽要在耩麦时节种，现在春分已过，季节晚了。

他说是虫茶。

他说虫茶的好处：清香凉爽，余味怡思，润喉益腑。前天宴上酒喝高了，一喝此茶肚疼就好了。

我怀疑他的茶知识已快绝顶了。有一年我在贵州喝过虫茶，属于首饮，那虫茶颗粒都大，大如黑豆。喝过后还在导游鼓动下乘兴买了一包，回家后觉得是在喝虫屎，心有障碍，扔掉喂鸡，鸡也不吃，可惜了。他说这袋子里的细小颗粒是小虫。

人生本就短暂，多不可挑剔强求，遇到何茶喝何茶。我一向喝茶都是瞎喝，闷头只喝，不敢谈茶，但周围一些人也在瞎喝，瞎喝之间却啥都懂，像陆羽的孙子。还会讲“吃茶去”还不露破绽。这是我的弱项。

但我知道许多屎，当年中医胡半仙对我说过：蝙蝠屎叫夜明砂，麻雀屎叫白丁香，鼷鼠屎叫五灵脂。这些屎被修饰得诗情画意，都能吃。后来，为了抬杠，我又问过郑州另一中医老虎屎事，他很认真，说老虎屎也能吃，还治秃顶。秃子多不是聪明绝顶，而是世上老虎少了。

说白一些，虫茶是虫屎。说透就是，我们是在吃屎喝屎且以为风雅，与屎俱进。虫知道会破口大笑，会一边大口吃嫩叶，一边拉稀屎。

2017年3月29日

妙玉論茶一杯為品
二杯為解渴的蠢物三杯
便是飲牛飲騾了但是
喝四杯的驢子喫果子
照樣與詩人為伍
丙申於鄭

1813年,属鸡。

鸡年夏天,滑县人李文成创设天理教,配合另一位首领林清在北京宣武门租房子卖鹌鹑,里面是一屋子的鹌鹑。装满八十立方米的鹌鹑。京城有警惕性高的居委会或细作便开始举报,哪是卖鹌鹑啊,那是天理教要打造枪械,要干掉嘉庆皇帝。

一屋子的鹌鹑平静。

京城平静里透出喧哗。迟几天,滑县、长垣来的二百多名天理教徒装成卖柿子的,他们都是我老家过来的人。柿子筐下藏着刀斧,发一声喊,攻入皇宫。两天后,柿子散落一地,天理教大势结束。总结经验时,志书上称"癸酉之变"。鹌鹑们散了。

鹌鹑、柿子的散让我想到枣子的散。在《水浒传》里,晁盖一伙智取生辰纲之后,是这样的喜剧结果:"那七个客人从松树林里推出这七辆江州车儿,把车子上枣子都丢在地上。"金圣叹眉批道:"何争在这几个枣子,适已言之矣。"金圣叹嫌不过瘾,又批道:"此时冈上,只剩一堆枣子矣。"

山东的枣子成功了。河南的柿子显得笨拙。

"要想白面贱,除非林清坐大殿",那年民谣是这样散布流传的。那年,人人都想吃白馍。李文成在滑县如是教唆全县人民。

我父亲是这样教导我的,"要想吃白馍,得好好上学"。

那一年,我八岁,开始知道标语口号的重要性。我二十八岁那一年，知道标语口号大于鹌鹑，大于柿子。我三十八岁以后，知道标语口号大于天。

2015年12月

我姥爷说:漤过的柿子硬,熟透的柿子软。

中国散文巨匠欧阳修在滑县当过一年节度判官,道口镇离留香寨五十来里,这机会真是好得紧。我拜访六一居士,谦卑求教:“修叔,你看当下散文如何来写?”

修叔沉思,看我虔诚,不像硬装的,便说:“要说也不难,要说也不易,散文有软硬之分。该软就软,该硬就硬;不软不能装软,不硬肯定不能装硬。”

这属于本真写作吗？太玄乎了。看他胡子抖动,我问,何解?

修叔说:专业作家要多读书,诗人最好读瓦匠之书、渔夫之书、农事之书。没事不要“斗地主”,看《新闻联播》,开散文研讨会。要多演习造句,多演习非虚构诸法。听说你还有个姥爷?

梦醒后觉得有趣,忙翻书核实,见欧阳修原话是:“无他术,唯勤读书而多为之,自工;世人患作文字少,又懒读书,每一篇出,即求过人,如此少有至者。疵病不必待人指摘,多作自能见之。”

真乃暗合。

修叔原旨如有误差,是我装硬柿子,纯属意译不准。漤文失败如漤柿发青。

2016年

軟硬兼施圖

道德經說天下莫柔弱於水而攻堅强者莫之能勝以其無以易之老子沒說柿子也沒說石頭也

丁酉初在舊蕪題此句 馮傑一哂

我家那一棵青藤开花，结出果实，挂在架子上像豆荚，叫葛荚。

我采摘几个，它的外面是一层灰色，有着平绒一般的感觉。那种灰绒色着实是一种好感觉，灰颜色调不出来。果实就住在它灰色的房子里，不垢不净。

带到城里，我把几个葛荚放在案头砚台边，原想压纸，原想割纸。就放着，这样还没派上用场，几天后，它在夜半响起。我子夜听到，像做梦，世上还有这一种声音？

天亮时看到那些褐色的果实溅落，外面分开的两片灰荚皮在扭曲着身子。

描述声音不容易。那一种开裂的声音在这座城市午夜响起，一座城市会有五十种以上我不愿意听到的声音，只有葛荚之声，成了我唯一熟悉喜欢的声音。如听到葛荚的喊话、葛荚的耳语，是谁和我暗夜独语。

那里面的果实跳得很远，有几粒我都找不到了。如果一一照应，灰房子的房间里有的缺少主人。

夜半，在郑州这个一直喜欢挖沟的城市，极少数的声音让极少数人不会忘记。我听到葛荚的声音响起来，是很有力量的一种声音，是一种长达三米的声音。乡愁的低音符更多是一种鼻音。

2014年12月17日，客郑

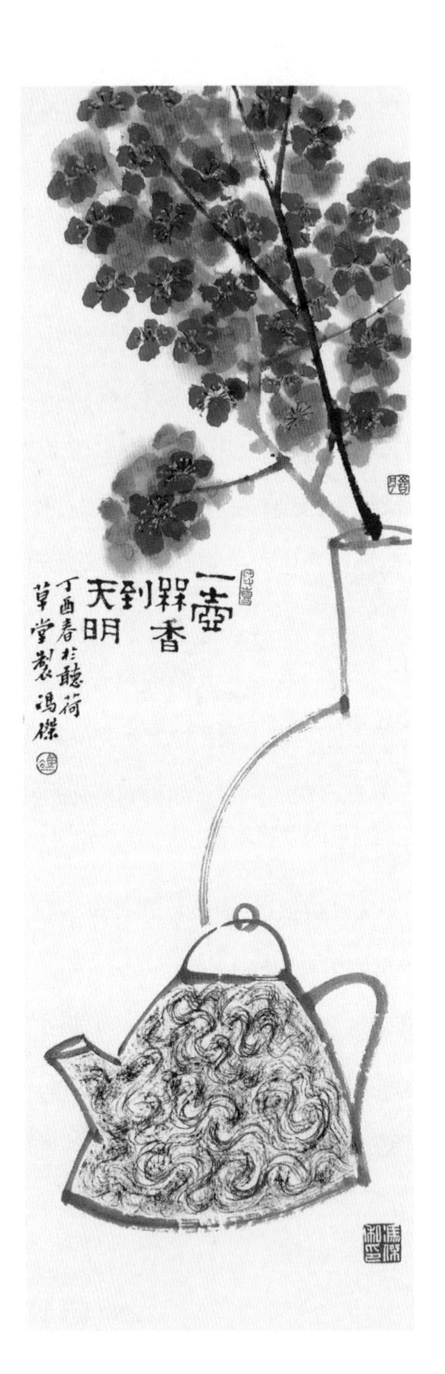
一壺槑香到天明
丁酉春於聽荷草堂製 馮傑

毛白杨，开花在2月下旬，落花在3月下旬，花期1个月左右。我家把杨花叫作“毛毛虫”，村北，通往道口镇的乡村路上挂满了“毛毛虫”。母亲说，杨花穗嫩时能蒸着吃。

枣树，发芽在4月中旬，开花在5月底前，末花在7月上、中旬，花期长，40天左右。枣树落叶期在11月上旬。我尝过枣花，有蜜意。

香椿，4月中旬发芽，下旬顶叶膨大。旁边一棵臭椿，亦同。树身上贴过春联——“春光满院”。

核桃，成熟期在9月上、中旬。

柳树，枝条在2月中旬泛绿。我对人说过，在城里，看到柳绿我常惊心。

洋槐树，4月中旬现蕾，25日前后出穗开花，花期半个月左右。我母亲是2005年4月24日去世的，七天后，我带着棺椁从长垣回滑县老家下葬，一路白色的槐花不时在村头出现，白花浓郁，把我都开晕了。

杏树，破苞在3月中旬。“桃花开，杏花败，梨花出来做买卖。”留香寨村谣里的花木序。

蒲公英，4月中旬发芽，下旬展叶，5月变黄，6月变叶。

茵陈，母亲生病那几年，每年早春，我和孩子们到田野里采摘。扤回家，让母亲泡水喝，我们都期待它能治好母亲的肝炎病。像做一个梦。

2014年10月14日，客郑

江山麗詞賦
冰雪淨聰明
梅花題風骨文章有精神
丙申晚冬寫於鄭州 馮傑

有的动物分外热爱黑夜，热爱黑夜胜过白昼，如蝙蝠、萤火虫、老鼠。

狐狸支招说，要是能让天下的公鸡不再打鸣，天就不会亮啦。

黄鼠狼也说，要是能让天下的公鸡不再打鸣，天就不会亮啦。

狐狸和黄鼠狼开始行动，说代表广大动物的心声，开始绞杀天下的公鸡。这和一场人类打红眼的战争一般，执行过程毫无差别，连母鸡、小鸡也顺便捎带上。

它们把鸡肉吃掉，把鸡骨吃掉，把鸡鸣声也吃掉，最后把鸡毛塞到窗台上的一双红鞋子里，摆端正。

一个没鸡的村子，果然再看不到东方鱼肚白。

2022年4月1日，愚人节

你讓天下所有
的雞閉嘴也阻
止不了天亮
壬寅馮傑記

1　兔子压惊

上海一私人收藏家要定制画。太太属兔，要我画一幅内容轻松好笑的《压惊图》。

近段因疫情封城，沪上缺肉少菜，上海人觉得简直受了人间大苦，说要解压。他其实毛嫩，不知道中原历史上曾饿死大片大片的人，涌现过层出不穷的饥荒。但我不能这样对比。

他说，你说这些我们没经过。道理我知道，你说这都是历史书上的。

兔子和萝卜画好，我想起海子有诗句，大意是“姐姐，今夜我不关心人类，我只想你”。于是为兔子落款“今夜，我不爱祖国与姐姐，我只爱红萝卜”。

他收到后，说真代表我的心情，是不是嘲讽我们抢菜？我就没抢到过。

我说不是，我说上海人发音说这仨字，我老是听成“伤害人”。

2　兔子的青天白日

恋爱的兔子不会惊恐，因为有蓝天和麦田的安慰。

我小时候养过兔子，夜晚联合小同学去生产队地里偷麦苗。

今夜我不愛
祖國与姐々
我只愛紅蘿蔔
壬寅初 馮傑

雄兔腳撲朔
雌兔眼迷離 木蘭辭
你能分清老子是公是母
壬寅初客鄭也 中原馮傑

在祖國的光天化日之下
壬寅春
中原馮傑

最后凡是同伙的，等老兔子生下来小兔子后，我给每人送上一对，且分雌雄。

3 兔妖

《木兰辞》里有一个兔子的典雅比喻。

“雄兔脚扑朔，雌兔眼迷离。”下一句挑战观众的识别能力，翻译成白话是：你能分清老子是公是母？是男是女？

古典兔子说，难道我是兔妖吗？

2022年5月19日

社会上，当诚信破碎，世间相诈，弱者往往相当于草地对于羊群，或羊肉对于黄铜涮锅。

且看人类狂欢得意之时，更多是另一种“磨刀霍霍向猪羊”。

尽管早已和花木兰无关了。她把武器放在一边，她只顾在那里“对镜贴花黄”。

2022年5月19日

筢子传

——兼说搂草打兔子的方法

筢子是我小时候拾柴火的主要工具。一天能拾到多少柴火，取决于一架筢子质量的好坏，如同能否打胜仗全看武器的优劣。常用来搂草的农具还有耙子，木的铁的都有。猪八戒有一柄好耙子，还是铁耙，舞起来呼呼生风，西天取经才一路壮胆。

乡村的筢子前部分筢齿是竹质的，后面的把柄是木头，整体以结实轻盈为好，有的孩子则喜欢沉实的筢柄，打架时能利用上。

筢子多是我姥爷在高平集会上买的，北中原不生产竹筢子。新筢子买来还要整理加固一番，用柳条，用藤条，用铁丝。

闲余之时，不用的筢子一般都挂在墙上，筢齿在上筢把在下，筢子紧紧贴着青墙，风吹不动。

在乡村农事里，大人一般不使用筢子，使用筢子都是小孩子的事。搂干草，搂豆叶，搂麦秸，搂花生叶。

“搂草打兔子”一语的出现使生活中有了传奇，是指筢子的故事和筢子的演义，是孩子的梦想。但现实里很少有这样的好事。祸不单行，好事无双，讲的就是这个辩证哲理。搂草是搂草，打兔是打兔，各司其职。兔子往往比草跑得快。

村里还有一个近似的哲语叫“骑驴下坡”，和顺势、捎带意思接近。这一头驴在此时变化为一把筢子。

有一次，我给孩子们讲消失的农具，一个孩子忽然问我：“猪八戒的耙子几个齿？”一下子难住了我。

这时刻，我还没有讲到那一只后面的兔子。

2017年3月20日，客郑

大地上的事情
筢子歇了
草没有歇
葫蘆歇了
瓢蟲没有歇
帚歇了顏色没有歇
丙申初秋
寫於鄭馮傑

我画过许多《辟邪图》。

辟邪常规主题计有钟馗、猫头鹰、雄鸡、老虎、红马、孙悟空之类的大物硬件。有人对我说，济公也辟邪？邋遢也辟邪。人长得丑不也辟邪？这都超出正常范围。

流行本命生肖画那年，一位属兔子的美女，画完兔子非让我写上“辟邪图”，这算凑合。同来的属猪美女也让写“辟邪图”，就显冒昧牵强。我说，不如写上“辟刀枪不入图”。她不高兴，要砍价退货。我马上就写“大富大贵，金玉满堂”。

所谓“辟邪”，都近似服务员叫早时掐着点定闹钟。心中有正气，万物都辟邪。有时，人穷也辟邪。

官场上最喜欢《辟邪图》这一题材。有一天，一位一面之交者打电话，说，俺的部长喜欢你的《辟邪图》，给画一张！这未免有点突兀了。我和他交情不深，说，我属于贪财好色的画家，让部长拿钱来。对方的环境里可能从未遇到过拒绝，肯定首次碰到这种二球式的回答。后来听他对人说我不识时务，多少人想给部长送还没机会呢。

我解释说我卖身不卖艺，主要是可惜矿物质颜料。当年齐白石还剔印章缝里的印泥呢。

也有懂行规者，譬如好干部马秘书，颇懂规矩，知道我保持有这一爱好金钱习惯，主动出资，给他服务的刘市长订画，要我画一张竖幅《辟邪图》。

半年后，我在一个帮闲的酒局上，偶然见到马秘书，他不满地说，老兄的画可辟不住邪啊。他说，我老板最后还是被纪委“双规”了。

我一时想不起来是画了钟馗还是猫头鹰，反正有钱我会用足颜色。我说，那是邪吗？你当时只交了“辟邪费”，没交“辟委费”。

到了庚子新春，号称“中国裴多菲”的烹饪诗人老裴，娶了一个小他二十岁的女人，貌美如花，我看着都心惊。老裴在开发区的新房大厅空旷，让我画一张《辟邪图》。我不画，我说你加钱我也不画。

我说，你家小妖怪我辟不住。

2022年5月

凡所有相皆是
虛妄若見諸相
非相即見如來
應無所住而生其心
語出金剛經 丁酉初於鄭 湧傑

看到一则好心人的资料说：

植物对人类的态度也有感应。类似人类的心电图、脑电图，对植物也可做各种图解。当你对一棵苜蓿说，我要割断你时，它的电流图表现出恐惧的紊乱；当你赞美它时，它呈现出快乐的图像。你说×他娘，那又是另一张心电图了。

这故事近似说植物童话，我一度怀疑是善心者的一厢之愿。但我相信有这种可能。

我看宋人笔记，有一则说：褒斜山谷有虞美人，状如鸡冠，大而无花，叶相对，行路人见者，或唱《虞美人》，则两叶渐摇动如人拊掌之状，如唱他辞，即寂然不动也。

它懂。他懂。她懂。

植物能听懂赞美，这是很多爱花爱草的人能把花草养好的缘由之一，不像我，养一盆干枯一盆，最后烧锅燎灶。有了莳花经验之后，我单单只养那些泼皮无赖植物，如麦冬、仙人掌、翠竹、南天竹、棕榈。一年四季常青，栽在盆里永不变色，像电影镜头里那些坚贞不屈的党员。

与花草相语是一件中意之事，让你不时生长一些绿色的想法。

我一度有怀疑精神，世上那么多方言，植物真能听懂？我在河南开会听代表们发言就发愁，何况植物面对大千世界？鸭说鸭语。

且要划一方植物方言区。牡丹讲中原官话。

两千多年前，屈原对一颗橘子朗诵过《橘颂》，那橘子点头。屈子说的是“楚语”。“楚语”的位置在“豫语”的南面。我只适合用河南话读《诗经》，且是卫风，且是鄘风，且是邶风。

2010年3月3日

踏溪分藕
養新荷
鈿蓋斜
臨瑟瑟波
自是天姿
不汙著
水深泥濁
奈君何
小荷
馮傑

城里很少人知道楝花。

它不像流行的梅花杏花桃花梨花们招摇显眼。在村里花谱上，楝花属于最不好表达气质的乡村花，另一个是枣花。零碎。若不带感情根本表达不出。也就是我啦。

和那些玩盆景的专家交流，他们说，平时宁选榆树、女贞、柽柳、石榴、山楂这类树种做老桩来安置，也不选用楝树。楝树叶子凌乱，扑拉一片，任人如何修剪，造型也不好看。

如今敢把楝树引入城市当行道树，这人一定业余写诗。

若到花季，在北中原村外远眺那些开花的楝树，大都朦朦胧胧。某一位高考落榜生马上会想起一场淡紫色的梦。谁能把紫梦如此布置在瓦屋上？

小时候，东西两村的熊孩子割草之余，聚众对骂，他们从戴肚兜时就拥有方言天赋，会展现乡土魅力。一位说：“你家有柏树，我家有楝树，你一掰，我一练。”乡村隐喻。但也就是过过嘴瘾而已。几十年后，熊孩子们一一都成失败的企业家了，我只能记下他们成功的言行。

村中孙半仙说，楝根、楝皮泡水治癣，楝豆可杀虫。童年时我头上、衣缝里虱子纵横，姥姥泡楝豆水给我洗头，虱子纷纷退避三舍。

楝豆有微量的毒，鸟类里只有白头翁敢对它钟情。吃下，催生华发。在乡下，楝树一直俗称“苦楝”。让我马上想起“苦恋”，甚至“苦练”，甚至“苦脸”。

我模仿策兰的诗句:“楝豆是苦的。数数楝豆,数数楝豆,把自己也数了进去。”

2022年4月21日

紫夢
楝花时節
有夢着色
壬寅初春
馮傑记

关于妥帖和安稳，我姥姥说过一句话："金窝银窝，都不如自家的狗窝。"话里带有敝帚自珍的口气。土坯房就是黄金宫殿。

长大后我体会到，住别人屋檐下要看人脸色。人在屋檐下，拉屎都不自然。

有一天，我在城市里有了逼仄房子，但可以自由穿梭，直线连接厨房到卫生间，且"千呼万唤屎出来"。

那是我的宫殿。在那座乡村青瓦房里，早上醒来，屋内往往会有昨夜蝉虫爬到蚊帐杆上，飞走后留下的一具空壳。那些年在乡下，遥远的城市里还没有加入催化剂发芽，板结的水泥墩上也没有房子"一平方米××万元"这一计算公式。那曾是我的宫殿。

2022年4月23日

宮壁
我姥姥說
世上的金窩
銀窩都不如
自家的狗窩
壬寅初客鄭
中原馮傑記

这个虫子是“昆协”里的一名诗人。“昆协”成员目前还没冒充的。世界上的诗人必须孤独，不然出产的诗热闹。

细霜降临，秋虫吟唱，这本身是一场深秋诗会。那是在向秋天向大地做最后的告别。

分手都要来临，草和虫有，每个人也有一次。在地球之上，人比虫大不了多少。

2017年3月9日

先说一件今古传奇里的事。在郑州一家书店做签名售书活动时，一位读者对我说：三年来我常做噩梦睡不着觉，一直苦恼，前天把你书里那一张赠送的《辟邪图》贴在床头，立马管用啦。

说的是我的画集《野狐禅》里附的那一只猫头鹰。高仿宣纸水印，是一匹翻版的猫头鹰。

我怀疑此说之功效，便想到李时珍该是如何对失眠下方子，他一辈子粉碎过几匹猫头鹰？我自己失眠尚左右管不住，扳着指头查骆驼不行查羊也不行。这只证明画得造型不准确，别人误认成猫或鹰了。它们和猫头鹰种类不同，因为猫头鹰夜间从来不睡。

有好事者对坊间散布，说我赠人猫头鹰有一个铁定的规律，赠男的闭左眼，赠女的闭右眼。男左女右，入堂观画便知此府当家主人为雌为雄。

这是传说。其实不知我一向吝啬赠画，我喜欢论尺细算，这样才能画情长远，对贸然索画者我喜欢像黄世仁盘剥杨家父女。这是画规。

话说猫头鹰携带黑夜，它要午夜起飞。我多在夜半挥毫制作。

有时我一块梳理猫头鹰之羽，细数上面的斑点和露珠，欣赏它的抖动欣赏它的哈欠。有次儿童文学笔会上，一个热爱大自然的牧竖考问我，叔叔，猫头鹰有胡子吗？我想想，说，没有，但

一切有爲法如夢
幻泡影如露亦如
電應作如是觀
金剛經句也 丁酉初春於鄭 馮傑

是耳朵是它的胡子，它的胡子向上张。这样回答双方都很高兴。

我和几位海内外文坛上的爱鸟者合作过《辟邪图》。友谐唱和，一只好鸟便飞来飞去，羽背自由航空，不盖邮戳。

我和书家周公、大朴堂主、狐狸庵主、马六甲船长、作家张宇、诗人管管等诸公都共同玩过此鸟。

最近一次是春天和孙荪先生合作，他给猫头鹰题款云："此君似眇一目，非是有疾，不为作秀，亦不关调情，有凝神监窥邪祟，避而驱之之担当也。"

题款比吾画雅致，那些文字灵动，果然升起，像一只草鸮午夜的典雅起飞。

这幅画合作以后，便有好事者以一份电子件开始上网起拍，九千起价，羽毛闪耀。但万马齐喑，没人响应，都说这是一张假画。他们多是点个肥赞一笑而过。他们不知道猫头鹰的闪电，以后还要上升。

画一直挂着，定格在那里。经纪人对天下没点赞者恼羞成怒，从此拉黑，老死不相往来。我不表态，我只说事不大你看着办吧。

2015年7月

樓船夜雪瓜洲渡鐵馬秋風大散關

樓船夜雪瓜洲渡鐵馬秋風大散關句也 放翁豪氣

丁酉初春於聽荷草堂製此辟邪圖也 馮傑

獨立有性格笑罵成文章

高鳥一筆入骨三分也

丁酉初春客鄭州造好鳥一匹也 馮傑

猫头鹰为了生计，不能像人那样计较，除昆虫、小鸟外，不得不去吃老鼠，骨子里它是喜欢和黑夜待在一起的，喜欢聆听暗夜之声。草叶裹有宁静。它喜欢把黑夜收缩，浓于一眼，或半眼。

若人鸟两者对比。现实生活里，我们不得不和多种老鼠在一起，和老鼠们在一起且无法趁鲜下嘴。这是人不如猫头鹰利索的一点。但人有时可以变成鼠，古书上就有“鼠辈”一说，证明二者转换过。

世上动物多把白昼和黑夜颠倒过来过，夜里是它们的世界。猫头鹰白天打哈欠，如给黑夜打一个欠条，它开始在树上睡觉，晚上方来精神。暗夜那一刻便在眼睛里醒来，有着田野星光全部聚集在草叶里的那一点亮光。漆干之后点以钛白。

2017年4月6日，客郑

黑夜給了我
黑色的眼睛
我却用它來
尋找光明

録顧城詩一代人
丁酉清明後兩日記 馮傑

像金色的小鸭子一样，必须摇摇晃晃来到人间。

这也是水果人生。

2021年10月4日

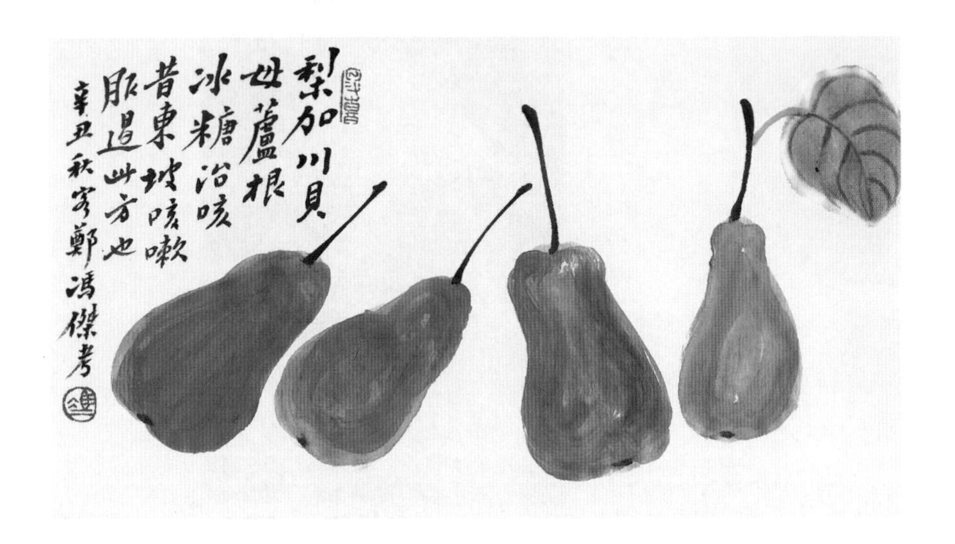

经健身房的马教练一解释，我才知道“游泳”“洗澡”“泭水”这些词语大有区别，一说出口，会显示你的水上身份。游泳不是洗澡，洗澡是搓身上的泥，游泳是锻炼肌肉；而“泭水”更俗，几乎接近少儿“狗刨”。

我喜欢花钱买药，不喜欢花钱买健康，为治疗滑膜炎，才办了一张游泳健身卡。健身房精明，游泳卡只按天数不按实际次数，不符合我平时的懒惰习性。那天在水池里，只听扑通一声，如一个肉包子下锅，溅起不多的水花，也算试了水。还见一位中年妇女新手问我如何才会水，第一次来，要请教练吗？我说游泳根本没那么多程序，我最早学是多喝几口水，淹几次，爬上岸自然就会。她木呆着脸，不再问我。

回想当年，我逃学在黄河大堤下的天然文岩渠里玩水。开始躲躲闪闪。我爸怕淹死我，主动开始教我游泳。要求在水里先扑通，再狗刨，再仰泳。姿势都不太标准，却实用，以水灾来临时逃生不淹死为目的。我爸耐心，托着我的小肚，让我在水里扑腾，再松手，然后丢到大河里面。慢慢就学会了泭水，以至于后来踩水能露肚脐眼。从此不再怕水。

我爸嘱咐，会水了也别逞强，淹死的都是会水的。

同学里面也有果断的爹，说，一脚踢下水，任随意扑腾，等爬上岸来，便学会水了。这是刚性利索的爹，像铁带有钢性。也算一种教法。

接着说当下。

鳧水圖
大概是像野鴨子
那樣去游泳壬寅初
春鄭也馮傑記

我不喜欢在城市游泳池里游，尽管属龙。在游泳池里，服务生对我警告说，你不能在池子里搓灰。我说不搓灰我来洗澡干啥？他说，游泳和洗澡不一样，游泳是体育项目，洗澡是你在生活里低层次的日常行为。

看这乡下孩子进城打几天工，和水池边徘徊的马教练一个腔调。

2018年11月13日

当年我姥姥回忆东庄旧事，说，东庄自己的母亲一辈子吃素，到最后那一年快“老”了，躺在床上，家里人问她想吃啥，她说想吃鱼，干脆放开嘴，这位老姥娘吃了一大碗清炖小鱼，把小刺也一一嚼了，面对一只空碗，这才过世。

一只空碗。那里，盛有世俗的坚持，有忽然的顿悟。它是一只空碗。

禅就是日常，日常就是禅。比怀素早些年份的怀让是惠能的弟子，有僧打问他：能否食肉？怀让答：要吃，是你的禄；不吃，是你的福。

管住嘴不重要，不若管住心。形式不重要，内容才要紧。

怀素管不住线条，能管住鱼刺，他的线条就是几何形的鱼刺。怀素吃鱼，一路从长沙吃到长安，从武昌鱼到鱼玄机。吃了还写，还展示，写《食鱼帖》，吐刺或不吐刺。

大凡有禅宗的超越精神者啥都能吃。念珠、禅杖、芭蕉、蒲团、松针、偈语都是可以吃的。鲁智深不写草书，他要是写草书，定要选择狂草，肯定比怀素还要潇洒，如秋风撞墙、狗腿击钟。那年下了山后，如果打铁铺有笔，他定会写一张热气腾腾的《狗肉帖》。

字有荤素之分。《食鱼帖》只是怀素的一帧“荤帖”。他还有一帧“素帖”，叫《苦笋帖》，此帖利索，两行，交代一句话：“苦笋及茗异常佳，乃可径来。怀素上。”

快点儿来，泉水都煮开了。松涛跌落，青山皆空。

2017年3月8日写，如妇女节帖

老僧來長沙食魚及來長安城中多食肉又為常流所笑深為不便故久病不能多當異疏予報諸君
欲興善之會當得扶羸也即日懷素真白

宋人吳説跋語素公草書超妙自得筆而意新在當時以為獨步 丁酉春夜客鄭觀
素公此食魚註帖其食魚喫肉語蓋倜儻者言也老僧口中淡出鳥來還不能喫條魚 馮傑記

一张猫画卖过两千，两年也没卖几张，觉得费力减色，以猫充虎。便不想画。属虎人喜欢买猫，马思璐属虎，她一笑，我还白送了一张猫。

信阳毛尖上市，这天荷翁约喝茶，长安未央画廊曹老板又来订猫，我说猫肉涨了，今日出手是一匹两千五。他嫌贵，说你实际等钱下锅，画得好卖不出手都算白扯，何况你画得技法不好，就有个文人画家招牌，两千已经不少啦，店里还有两张压着没出手。

荷翁在一边看不上了，晃一下茶杯，吐一圈烟，说，老曹，来，先喝茶，清明前的，你下次再来只要我在，猫价都要涨。你去买徐悲鸿的猫，一张两百万。我再给你推荐一个便宜的，嫌贵就买真猫，够装一火车皮，拉你家三层楼里都是喵喵声。

他俩是老乡，都是湖北人。平时三观不同，喜欢斗嘴。我说这是逐鹿中原的两只九头鸟。

2022年4月

人生一如畫
圈啓程之後
最後還是
回到原地
壬寅馮傑

有鱼，有芋，有余。

它们在商量着如何通感。

让颜色密谋，意象卧底，最后让画家尴尬。

2017年4月26日

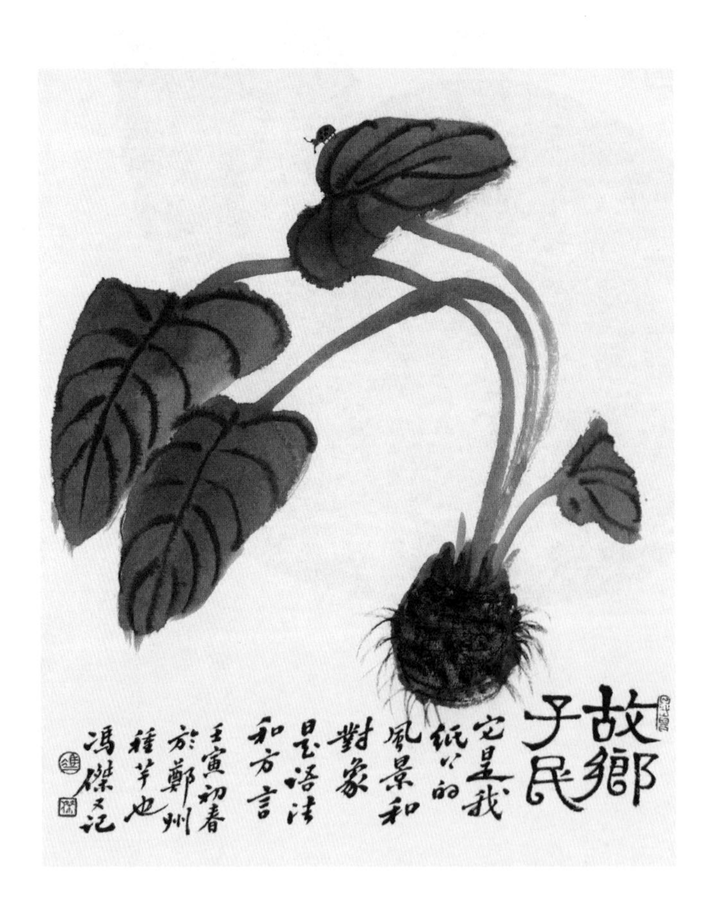

逃学后的主要活动是到河边看人捕鱼。打鱼人的几种工具为滚钩、撒网、粘网。有时也想“搭把手”。捕鱼者担心惊了鱼，说“滚远点，小蛋孩儿”。

我也是少年时学会织渔网的，有时梦里手指还动。

课堂上老师讲到过一个成语“鱼死网破”，“鱼”和“网”都属于象征，里面有两败俱伤的意思。多年后，想起来捕鱼故事，成语不成立，知道只有鱼死，很少见到网破。

一座庙里，见到不同颜色的方丈来回折腾、替换、消失，但庙一直还坐落在那里。

几年前到杭州浙大老校区里参加过一个短期学习培训班，书钱交了，饭吃了，聘请的教授把讲课当生意来做。我坐在那里培训一周，觉得这也像是“体制”一词的比喻。

2022年5月3日

體制圖
河流的故事。
大多都是魚死。
未見有過有
過网破。壬寅
客鄭鴻傑

我不懂英文,去年看瑞典诗人特朗斯特罗姆的一本诗集,读到两家译诗,我好奇,用笨法对比,如当年课文分析。看到两个“诗样子”,接近两份好看的“鞋样子”。

董继平翻译的一段《暴雨》如下:

北方的暴雨。花楸果串膨胀的
季节。醒在黑暗中,倾听吧:
星座在厩棚里跺脚走动,在
高高的树端上面。

李笠翻译的一段《风暴》如下:

北来的风暴。正是花楸树果子
成熟的季节。在黑暗中醒着,
能听到橡树上空的星宿在
自己的厩中跺脚

两种诗艺我暂时不评,只说里面的那一棵树。花楸,被我误读为花椒多年。花椒枝条带有刺,如交织一树语言锋利的句子,气息异样。

在我们村里家家都种花椒,可一举两得。做天然围墙,枝上一墙长刺,能拒绝猪鸭鸡羊的不约而至。春节来临,花椒果可作煮肉大料使用,用于“拿味”。

花椒树易成活,属一种平常树。庭院里常见它悄悄冒出来,不打招呼。母亲在门口胡同的西墙下，留下两棵花椒树苗，长到一人多高，有一棵枝干低垂，母亲怕影响胡同里人车路过，心疼地去掉一棵，留一棵内向一点的花椒树贴着墙，谦卑地向上。

花椒叶子嫩时可蒸吃，可拌面炸吃，叫“花椒鱼”。晚秋来临，花椒果由绿变红，母亲喊我摘花椒。我搬一张凳子，凳子腿都染上花椒气。摊在小筐里阴处晾干，干透后用一个塑料袋子装起来，一年里慢慢来用。花椒袋子大凡一开口，厨房四季都有花椒的气息。母亲说，咱家的不算好花椒，最麻的一种花椒是山花椒。

母亲烧水洗脚前会放一捏花椒，说能通经活络，可治疗脚气、脚汗、脚臭，简单有效，还省钱。

中原人在明朝以前如果要过嘴瘾，靠的不是辣椒，是胡椒，是花椒。我姥爷说，古人认为花椒的香气可辟邪，宫廷里用花椒掺入涂料以糊墙壁，这种房子称为“椒房”，专给后妃住。后来就以“椒房”比喻宫女后妃。

我有一书友附庸风雅，把自己书房命名曰“椒房”，我一说破他马上改为“叫房”，我说应该称“觉房”。他问，是睡觉的觉吗？我说是“觉悟”。普通话读jué，河南人不读。

每年秋天来临，花椒树上会爬满小红蜘蛛，在红果里穿行，和花椒色近似，除了那些小小的红果子，花椒树上空真的有星辰吗？我会想到那首诗的两种译句。是橡树上的星辰在跺脚，还是花椒树上的星辰在跺脚？

2014年10月

《山家清供》说唐高僧明瓒烧芋头之吃事，正吃之间，外面有情报了。是朝廷遣人请他，他说："尚无情绪收寒涕，那得工夫伴俗人。"

唐朝的哈喇子垂直。这境界真是好得紧：老子正吃芋头，连天冷冻出的鼻涕都顾不得揩，哪有工夫搭理你们这些俗人？且喝彩的是这一道鼻涕来得真是时候。意象透明。

从唐至1949年，就餐时不擦鼻涕者都是雅士。

要换我，迎着满脸鼻涕也得去三陪。当下文人多是帮忙或帮腔或帮闲。

明瓒是芋头的代言人，又有一首诗："深夜一炉火，浑家团栾坐。煨得芋头熟，天子不如我。"这是掏心窝子的话。当年我三姥娘问过我：国家领导人他们是否天天都在天安门楼上炸油馍？

支锅者自满，拥芋者自信。

还说唐朝时，那年名臣李泌夜里前去看明瓒，他正拨弄火煨烧芋头，拿出半只芋头来吃，对李泌说：不要多讲，去做你的十年宰相去。

芋头的吃法不只是烤，还有其他几种。主要吃芋头你得看对象是谁。没有合适者就自己一人来吃。笼火，剥皮。下大雪，独煨芋。

2016年5月27日，客郑

中国人无所不吃。穿山甲、老虎、猫、老鼠、胎衣。

饥饿年代,则是树皮、野草、水藻。

一位从中东回来的朋友说,当地人不吃羊杂、牛杂,后来全让中国人买贵了,包括牛鸡巴、羊鸡巴。

厨师之乡的大师说:吃啥补啥。

2017年2月22日

啥都喫
帶毛的不吃雞毛撣子帶腿的不喫板凳其它啥都吃 童年憶舊
丙申歲尾寫 鄭語傑 一揮
漏掉後一句帶爪的不吃蒼蠅 丁酉初春想起來又補也

历代中国诗人口福不一，面前摆放的蔬菜种类都不一样。

有生之年，苏东坡能吃到的菜有：菠菜、莴苣(我家叫莴笋)、西瓜、黄瓜、胡豆、大蒜、芫荽、葡萄、石榴、芸薹(油菜的别名，接近上海青)、甘蓝(卷心菜、包菜)、胡萝卜。

苏东坡多次歌颂过黄瓜的脆。

苏东坡吃不上的菜有：番茄炒鸡蛋、烤红薯、煮马铃薯、烤玉米棒、爆炒青椒。佐酒也不能使用花生米。他只好干喝。喝后再望月写《赤壁赋》。

以上这些菜到死他也没有吃过。遗憾啊，一个四川人吃不上辣椒。

苏东坡写酒兴致很高，酒量其实很小。好酒而无酒量。有自家酿制诗句壮胆。在村里，苏东坡一直被我二大爷神话着。

有一次他问我："我听马老六说过苏东坡斗酒诗百篇?"平时听的评书太多，历史常常在他那里走水穿帮。印象里，反正有一个诗人斗酒诗百篇。

我说，是斗嘴的斗，他酒量比你大不多少，有一点倒是和你一样，喝酒不喜欢就菜，没菜也能干喝。

2016年10月30日

醲肥辛甘非真味真味只是淡
神奇卓異非至人至人祇是常
語出菜根譚故知濃處味常短淡中趣獨真也 馮傑
作事勿太苦待人勿太枯讀書要古典喫菜要新鮮前兩句先賢也後兩句吾語也非雞言耳
丁酉雞年情人節與顏色為伍紙以著色若大地容顏也

一只母鸡不嬔蛋了，它有想法了，它想孵小鸡，叫落窝（落读lào）。几天后这只母鸡得寸进尺，还要学公鸡打鸣，言行就显得越位了，主人家是断不能容忍的。

在乡村风俗里，母鸡打鸣是一种不祥之兆，所谓母鸡司晨。我姥爷说，史书上有“牝鸡司晨”一说，比喻女人篡权乱世，近似女人当皇帝，如武曌。必须整治。

我姥姥不关心国事，母鸡不嬔蛋才是我姥姥所担心的，歇窝不怕，就怕落窝。整治落窝的方式有时高吊一只鸡腿，或是放到一盆凉水里浸泡。再没有效果，我姥姥会从瓷罐里捏几撮大盐，掰开鸡嘴，塞到鸡嘴里。盐的出现便有了奇效。

盐是压制声音的一种晶体物质，声音是什么物质？我一直想得不恰当，觉得盐的成分能化解声音。

平时村里如有青皮后生骂人，会有大人教训说，“塞他一嘴盐！”

盐可腌制乡村垢语。

多年之后，我见到一个词，“瓠菹”，带有古意，白话解释就是“腌瓜”。

2017年5月9日，客郑

母鷄打鳴就
不在下蛋了
在村裡我姥姥
會往鷄嘴裡填了
幾粒大鹽果然有
效喫鹽後的鷄不
再發聲繼續
下蛋
童事也
丙申鴻傑
越位的司晨
各司其職
愛崗敬業
重要
鴻傑

蓝色的竹子

（竹子四节）

农民把竹子种成绿色是正确的。

工匠把竹子编成黄色是正确的。

艺术家把竹子画成蓝色是正确的。

他们都是对的。

只有政客正从嘴里，不断吐出无尽长的竹子，颜色不明。

2022年4月26日

月光下的竹子是藍的

獨坐幽篁裡
彈琴復長嘯
深林人不知
明月來相照

古今月色此時同為一體也

丁酉四月寫鄭月夜無月 馮傑記

一个蜂巢再热闹，到深秋会一如末日来临，像风吹雨打后低垂的莲蓬，成员天天减少，逐渐消散，最后一只马蜂告别了，不知飞到哪里，融于星群。天地之间，只剩下一个空巢。

想想，一时人就怅惘。你们夏天那么热闹，蜇鹌鹑蜇公鸡蜇驴马蜇人，且你们从不讨价。

大地有霜来临，谁也挡不住，你只有去融化，去饱吸糖分，不然真没更好的待霜之法。霜是慢慢来临的，霜脚不知不觉。霜要你的一种表达态度。

为了表达对童年蜇过我的那些马蜂的敬意，我画马蜂题款“秋天无霜我为王”。一只蜂站在萝卜的糖分上，触角迎风。我敬佩它一直是蜂王。

一句话说大了又觉不妥，我想补上一句“有霜再说”，但没地方下笔了。再好的语言也需要退路，近似“有霜再说”。谁说？马蜂不说，霜说。

2017年3月20日，客郑

秋天無霜我爲王
丁酉初春
馮傑

在秋霜里，最后转身的草木往往带有固执性，带有坚韧。

柿叶，在做最后的坚持。我把一枚柿叶夹在书里，权作对整整一个秋天的怀念，宛如一个压缩过的秋天文件。

小时候外祖父说柿有“七德”：一寿，二多荫，三无鸟巢，四无虫，五霜叶可玩，六佳实可啖，七落叶肥大可临书。

在乡间我就在柿叶上写过王维的诗。开始时候，柿叶上的王维若隐若现，最后王维干涸凝固，在一枚柿叶上达到了永远。

它像一个人一样淡定，一枚叶子，在唐诗里。

秋天来临，木质化加强，液体变得黏稠，流动变缓，生理活动变弱。但是我看到另一些草木。柿树只是其中之一。

2009年8月11日

绿柿子擠
到红柿子裡
是为了取暖
壬寅春
馮傑記

丙申初冬郑州，连日雾霾厚重，雾霾高达五丈甚至更高。某日吾应时早朝，忽见何频先生在吾单位丛中徘徊，几乎接近毛主席写的“她在丛中笑”了。问之，其曰赏梅。在雾霾里何频为我叙述文学院门口两株蜡梅观察记：一株曰虎蹄，花硕香馥，已做嫁接；一株曰狗牙，形瘦色淡，野生尚未嫁接。

近处风景被我忽视，我曾坐车去二百里外看梅花。

何频先生乃当代中原草木学士雅士。吾便趁机请他来年为之嫁接。何频故做惊状，曰：岂敢在文学殿堂嫁接？

我说：难道还让青铜像上的杜甫出来嫁接？

想平时每每路过，常闻花香，也听过别人讲过虎蹄狗牙这些蜡梅知识，只是均未细看。今年鄢陵蜡梅节还应邀画过一枝蜡梅在纸上，既不虎蹄又不狗牙。今日方知文学院时常飘浮之馨香，浓郁至极，不是我的书馨，不是你的书馨，不是他的书馨，也不是她的书馨，作家们都不要自作多情，原来竟是来自虎蹄，来自狗牙。噫嘻乎！

2016年2月

半生百卉都寫遍獨欠槑花一行詩
丁酉中秋感嘆也
為之一記 馮傑

梅花越冷越开。这是少年时代从广播里听到的一句。

梅花一插就过年,把俗世全部拒绝了,连诗文也不用写了。可横可竖,梅枝才是最好的一个句子。句子野逸。句子冷峻。

散文也有冷热之分,这近似设草炉卖烧饼,热乎的烧饼大家都喜欢吃,冷饼则要靠啃。中国散文史上冷的散文家有张岱,他会掌握散文的温度。

张岱为啥不打热烧饼?

文字看火候。他打的是热饼,只是冷卖。他不加芝麻,不加咖喱粉,有时还加盐粒,咯嘣一声,故意来硌你的牙。

他的意思:我不想上你私自定的散文排行榜。

他的意思:我就这样打烧饼,你爱吃不吃。

在一个赶热的散文文坛,要折一枝自己的冷梅花,却偏不往坛上插。

2016年1月6日

梅有傲骨

丁酉 馮傑

白雲爲我賒山水有清音

吾境界心胸狭窄，心中只储有一勺汤水，故不善画山水长卷，只画小品册页，造掌上风云。

世上大凡宏大绘蓝图之事不可去“尿整”。

我知道绘画自有道理，好丹青须是有前提的：胸中若无万壑风云气象，下笔终成心虚萎缩。狼毫临纸胆怯，线条定如蚯蚓。画长江黄河者先须有一肚好酒量，最好能酒后游个来回。

当代画家笔下山水多属“纸上盆景”，移来范本旧景，入古不化则风景失迷，都在忙着移来荆浩、范宽、王希孟诸人一角衣带。衣带，衣带渐宽终不悔。不悔，不悔长江万里流。流不到纸上。

我画的山水都是没有骨头的山水，我无专业基础，知道自己笔下的那点毫末功夫。

好画家在泼墨山水时都须带着一副硬骨头来入纸的，立起来才有画魂，当下山水画家缺骨头，只好将山水打着石膏粉，以替代品冒充山水应对之。我看过很多，叫打上石膏的山水。

2015年8月11日

有一匹马,被善于铲马蹄者删改马的颜色,删改不掉的就将马身上烙满马赛克。从此不让人知道马的颜色。

仅有马匹本身还不够。

它走在田野,田野上烙满马赛克;它蹚过河流,河流上烙满马赛克;它奔驰在草原,草原上烙满马赛克;它行走在大地,大地上烙满马赛克。

它就是一匹马赛克。

它走在报纸上,从一版到四版,报纸上烙满马赛克;它走在书籍中,从序言到后记,书籍上烙满马赛克;它走在图画里,图画上烙满马赛克;它走在声音里,声音里烙满马赛克;它走在天空中,天空中竟也烙满马赛克。

它就是一匹马赛克的马。

2022年4月30日

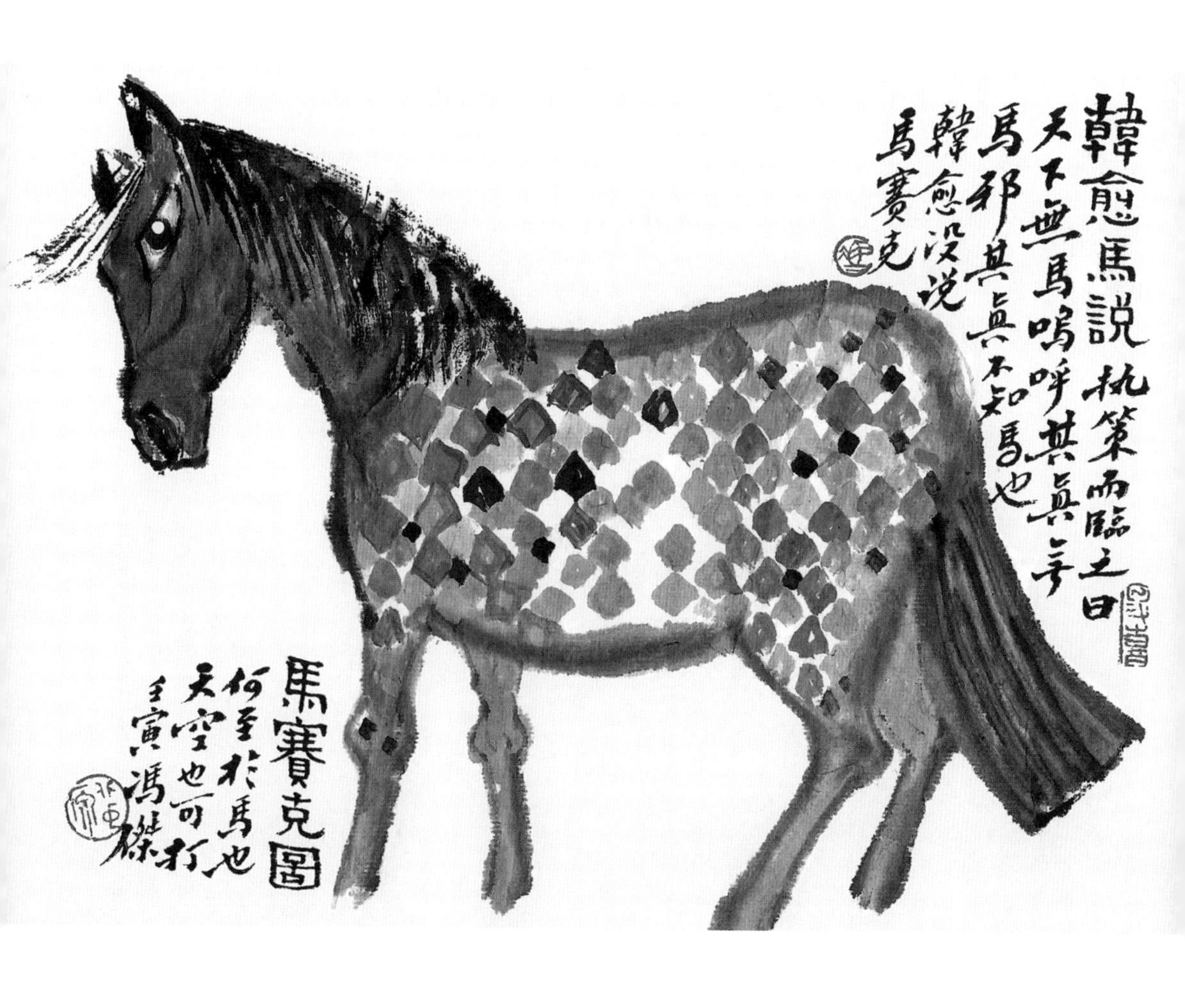

韓愈馬說 执策而臨之曰
天下無馬嗚呼其真無
馬邪其真不知馬也
韓愈沒說
馬賽克
馬賽克圖
何至於馬也
天空也可以
壬寅馮傑

写书累，读书悦，卖书吆喝。

读书的快乐是自己的快乐，独乐。没有必要去专门讲给另外一只刺猬听。

一个凑热闹的时代，需要“扎堆取火”，时间一长积累以下规律：

大凡“世界读书日”这天讲读书的人，平时多不看书；“母亲节”出场传播孝道文化主讲者，大都不孝顺；专题栏目讲军事学者满口会冒火药，连盒子炮挎在左边右边都分不清。

都是为博得眼球和流量。享受生活的方式有一万种，其中有一种是节日烧香。

2022年4月23日

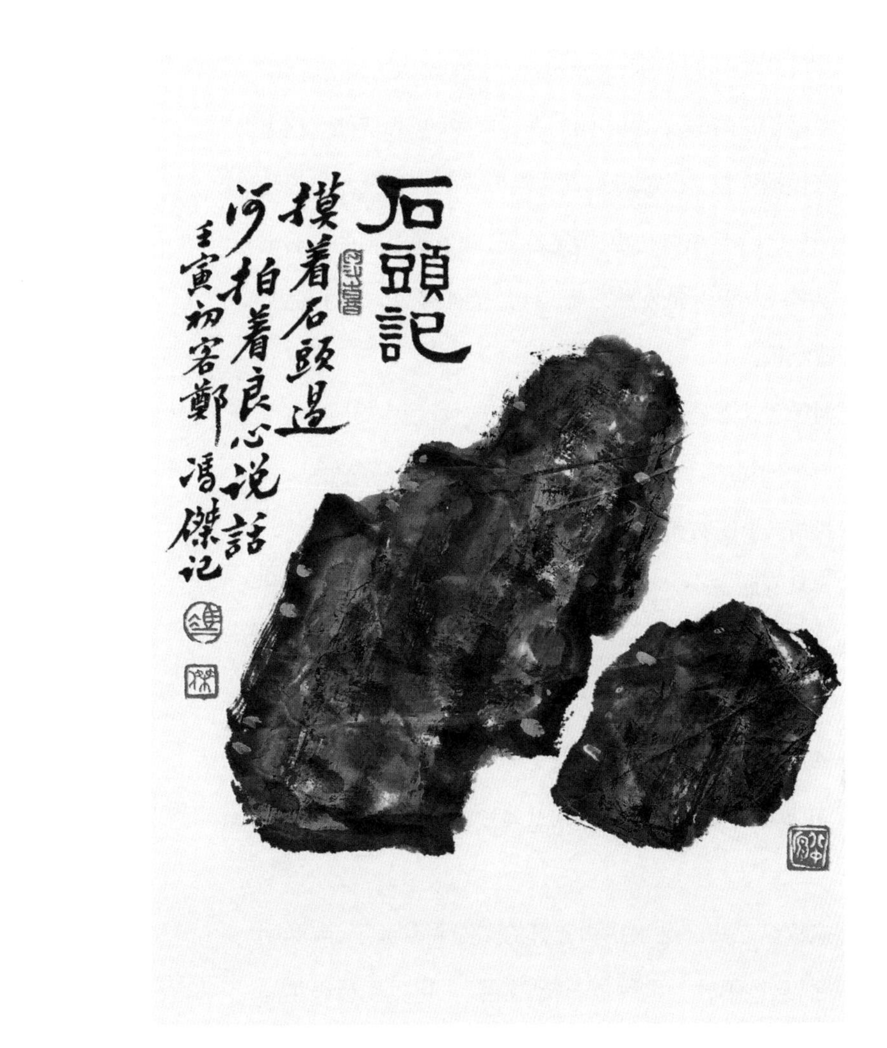
石頭記
摸着石頭過
河 柏着良心說話
壬寅初客鄭 馮傑記

俗人在俗时代必须装雅，要竭力演习风雅和墨韵，以求立世，以求发声，以求喝胡辣汤时感觉良好。譬如鄙人。

有一多年相交的书友，和亳州的曹操同乡，叫鲁贺仁。这鲁先生多年来怀揣理想，仕途颠簸，喜欢谈魏晋名人。我原先很是赞叹，深感其才华、容貌似孔融，博览群书，有事我必相助。后来让其办一实事，方觉得是左慈之流，只会搬神弄鬼，张扬玄法。他欺骗了曹丞相。

寒露时节是个很抒情的借口，或采菊或饮酒。二十四节气之一里我方让他写字，玩风雅他是不敢造次的。他问我写啥，我说最好给我写一个座右铭之类，立我案头，以昭示人民。

不几天从春城寄来一个四尺斗方。不知是借鉴凑合还是其自作打油，其诗曰：

两耳不闻窗外事，一心必读党的书。

闲来写幅青山卖，少向人间鼓与呼。

是欲擒故纵之法。这水平和昔日的陶渊明差远了，陶渊明只种菊不呼，只饮不鼓。果然是一新“左慈”。可见左慈当年漏网了，曹丞相的人马并没有抓住他。

以后我便与此人疏远，他始终不知深处原因。

他托人打听，我不解释。

我只说五年前我曾为一创意造酒师题写过一款“鼓与呼”牌

子的酒。吾墨意是说酒的高度和众酒徒酩酊后之喝彩状，厂长答应免费供我终生饮酒。后一句分明还是诗眼，我说你这样写，分明是砸我的牌子。不是词牌，是酒牌。

2016年10月21日，客郑

“春”是酒的专用词。《唐国史补》:“酒则有郢州之富水,乌程之若下,荥阳之土窟春,富平之石冻春,剑南之烧春。”

在唐代,买春就是买酒,风雅至极。现在“买春”“卖春”混为一谈,古今搅成了一盆糨糊,都误成了黄色成分。如果再加入点藤黄,几乎接近嫖娼。

那一天我闲得无聊,在十字街头边搓泥边看热闹,红灯停绿灯行,富二代闯红灯。看到唐代的司空图夹一册《二十四诗品》前去买春。

文化检察官发现,喝道:“干啥?”

司空图说:“买春。”

为了显摆文化,先生又加上一句“玉壶买春”。

“正在扫黄风头上,抓起来!”

2016年3月

綠蔭織夢
紀念一個夏天
丁酉秋寫於鄭 馮傑

“十年磨一剑，霜刃未曾试。今日把示君，谁有不平事？”贾岛一向喜欢暗处推敲。豪爽之气，溢于行间。诗人可以这样说，匠人不可以如是说。

造剑师十年磨一剑，按件计酬的话，肯定要饿死。十年磨两把或三把以上，预交定金，最后卖个齐天高价，方能顾家糊口。

在一个讲究速度的年代，大家都要数量不要质量。

一年磨一百把剑，“霜刃”只能保证可切豆腐，可切萝卜。“不平事”暂且不要讲了，讲了剑也不会动，剑只是个花架子，如桃木剑只能辟邪。

对比分析得出结论，一年磨两把剑最好，不偷工减料，既可卖高价，又讲质量。这句话以后是否改为“十年磨二十剑”为妥？

河南人曾经习惯“放卫星”，落下一个提升速度的政治后遗症。当下只需要守定的匠人，不需要行走的诗人。诗人只会加快语言的速度，语言磨剑速度往往比砂纸都要快。

2010年7月11日

一把好刀
丁酉初春
寫鍾大爺的冷兵器
馮傑製

似是不合乎情理的颜色，

也是大地包容万象的感情。

无论凝固、流动，静止、飞行，

一样在我梦里铺展开那些情节。

藍樹
紅鳥
壬寅馮傑

一、毛驴画好装裱之后，挂上墙才知笔下有错，驴腿上忘记点一方黑痣。村里叫“夜眼”。有夜眼的驴子走夜路才不迷。三天后心惊：多亏没点上。这是看到那一则故事的缘故。

二、一位哲人说，一个人不能同时踏入两条河流。哲人没说一个人可以在同一段水管里洗两回澡。哪知我洗第二回时，停电，大冬天只有凉水，睾丸冻缩，地球引力。不得不佩服先人哲言的正确。

三、又。一个人不能同时踩上两泡狗屎。我在郑州经三路北段上下班，踩上不止两次。城市遛狗者只爱狗事，不关心狗屎。不带铲子不关心哲言。小区出现一条横幅“遛狗者不捡狗屎就是狗遛人”，引起那些遛狗者不满。横幅虽然撤下来，狗屎照样有。

四、今日破费。一碗上好的扬州蛋炒米，吃到最后，吃出一个虫子。四十年啦，别来无恙，如见旧友。

五、柿子下来，摆了满满一大桌子，个子大小不均。想到一故事，如某部门巡视，软硬不分，想吃哪一个就吃哪一个，软的，先捏下吃掉。忽然，四川锦城传来惊心的消息。

六、你给我讲人生学习转化力量和前途的话题。我说，葡萄干泡在水里能还原成鲜葡萄。再，你如果把一个刚出炉的河间驴肉火烧不吃，放在冰柜里存着，第二天打开，能出现一匹完整的驴。

七、在世间干一件不求人不看人脸色的事情就是画画。故，我躲进小楼钻进颜色里。憋不住，又钻出来求人，看人脸颜色。故，我想起来大画家李可染说的“用最大的功力打进去，以最大的勇气打出来”，不是说画中国画。

八、那些年，母亲蒸好的热馒头，可以随便蘸酱，两碗气质不同的酱都摆在桌前。我挥葱。蘸罢豆瓣酱再蘸辣椒酱。二十年后，我挥葱如挥泪，恨别鸟惊心。

九、回忆是从分手那一瞬间开始的。松针落地，时间落针，声音都是巨大的。耳鸣无医，一笺药方在一座高楼911号中药抽屉里，那年两架飞机化解了。

十、顺应潮流的诗人是：住在二线城市，写三流的诗，交下流的朋友。杀狗取蛋，杀鸡取卵，修炼下来，终会成一流。“一江春水向东流”简称一流，画家亦是同理。

2016年6月12日，客郑

捉迷藏
童年走失了不知遺落在哪一方垛草深處
丁酉初春四十多年後才知
於鄭州之夜 馮傑又記

苏东坡“春江水暖鸭先知”博得大名之后，按照文坛惯例，要开一次佳句研讨分享会。

人以诗名，诗以句名，全诗还是生态文学范畴。筹备会邀请在京各界知名代表。

鹅说：只有鸭子先知吗？难道我都不先知了？鱼鹰说：难道我都不先知了？鸳鸯说：难道我都不先知了？水老鸹说：难道我都不先知了？切！

研讨会结束后，经过多方协调平衡，文化监督部门督促公正，达成以下结果。最后苏东坡负责具体改诗，面貌如下。诗曰：

竹外桃花三两枝，

春江水暖鸭(鹅、鱼鹰、鸳鸯及水老鸹等全部水禽都)先知。

蒌蒿满地芦芽短，

正是河豚欲上时。

专家看后说：诗风稳健，改得好！诗意丰满且注重各界平衡和谐；下一步是否再开一个“正是河豚欲上时”的河豚研讨会？

而水獭在远方岛上听到了，说：切！

2022年4月1日，愚人节

鵞説難道我就不先知
水老鴰説難道家就不
先知了老蘇説操這詩
没法寫了
壬寅初
馮傑記

寻寻觅觅，冷冷清清，凄凄惨惨戚戚。乍暖还寒时候，最难将息。三杯两盏淡酒，怎敌他，晚来风急！雁过也，正伤心，却是旧时相识。　　满地黄花堆积，憔悴损，如今有谁堪摘？守着窗儿，独自怎生得黑！梧桐更兼细雨，到黄昏，点点滴滴。这次第，怎一个愁字了得！

——李清照

寻寻觅觅

熟悉的书柜，你有狗鼻子嗅觉，知道哪一本书在第几层待着，等着取走。

三杯两盏淡酒

书房通着天堂。这是化解博尔赫斯开的一个液体单方。属于一厢情愿的设计。

鏡裏的敵人
柿子的敵人不是梨
子還是柿子 壬寅初馮傑

却是旧时相识

这段主要说旧书。旧书新人。古玩城关注最多处是旧书摊，杜甫、李商隐、林黛玉、胡适、戴望舒才子佳人不时在里面碰头、交流、争论。有时空穿越之感。

古玩城隔壁就是手机店，老板诱惑路人弃旧换新。

守着窗儿独自

书房是作家撒泼骂街的场地，像史进练武的那一方打麦场。终于有一天，打麦场来了强盗、兔子、月光。

这次第

易安女士那一年45岁。她对我说，弟子，这次第，怎一个新探索了得。

我说，自1964年以后，大凡去写书房的文字，都应该写组诗，题目都叫“书书慢”。

怎一个愁字了得

回到书房，我打开《水浒传》，纸上落雪。恰巧翻到这一回：潘金莲说，叔叔慢走。

2021年11月

多识鸟兽草木及处长局长之名

（孔子说，我没说过）

两千年前孔子有个把意思。

我翻翻掉一下书袋子。原出处《论语·阳货》：“子曰：‘……诗可以兴，可以观，可以群，可以怨。迩之事父，远之事君，多识于鸟兽草木之名。’”晋郭璞《尔雅·序》：“若乃可以博物不惑，多识于鸟兽草木之名者，莫近于《尔雅》。”清袁枚《再答李少鹤书》：“多识于鸟兽草木之名，亦夫子余语及之，而夫子之志岂在是哉？”一大溜先贤都在贯彻这一文化思想。多认识一些鸟兽草木的名字，表示日后可以拓宽知识领域。谋职、就业、伺候皇上或清君侧，都会有用。

但是放到现代，室内室外诗内诗外都知识爆炸了，显得远远不够。草木无用，识草木者更无用。

一颗豆子，一吨豆子，世界上有无数豆子。有想法的豆子有一点水分都想涨为豆芽。

看大门的门岗对正常来客说，我不放你进入，你就进入不了。

公务员正常行使服务职能时说，我不出面这就弄不成。

连开车的司机方向盘把握年份多了，都敢说，是我带着你进××大院的。

…………

再往上就不好举例了。况且我也没见过。

有一天，二大爷对我说，孔子说的话你不能全信，那是课本，生活里除了多识鸟兽草木之名，还要认识处长、局长之名。

这都是多年前的旧事了，今日回忆，还倍受用。

2022年4月24日，客郑

問道
壬寅初
馮傑

“豹子到这样高寒的地方来寻找什么,没有人作过解释。”

——海明威《乞力马扎罗的雪》

看苏东坡《与莫同年雨中饮湖上》一诗:“到处相逢是偶然,梦中相对各华颠。还来一醉西湖雨,不见跳珠十五年。”纸上有声,一时心如珠跳,裁纸写了“华颠”二字斗方,心想,这俩字若不加注释,定可唬人。

“华颠”就是头发花白,白头了。二毛过后就是华颠。在无奈里,苏轼也要用一个雅词来定俗位。

苏东坡经常在诗里亮出来白头发。“休将白发唱黄鸡”“一树梨花压海棠”“早生华发”“无可奈何新白发,不如归去旧青山”。如雪山隐现。

人生如梦,即使青山也抵抗不住雪山。

中国诗人中,李白的头发最是好看。“白发三千丈”,三千丈的愁,是白愁还不是白绸。以后再没人来比头发了,只能比脱发。

“晓梳脱发谁能收。”苏轼32岁脱发,他比我脱发晚,他比我头发好。我17岁就“少白头”。母亲替我发愁,常说我们冯家白发祖传。白发在吸取着我的知识,它和我以后学习成绩不好有很大关系。

古人有兴趣尝试染发,用“黑椹水渍之,涂发令黑”,“以盐汤洗沐,后以生麻油和蒲苇灰傅之”。葚、盐、油、草木灰。《本草纲目》引述过用大麦、针砂、没食子治白发的例子。

欧阳修不染发，65岁退休。

王莽染发，皇帝不敌秀发诱惑，目的是想让人民眼中的他年轻一点。汉朝染发膏没发明，染发原料主要用黑豆。黑豆浸泡醋中，煮烂滤渣，熬成膏状，用时直接涂头上。皇帝像土皇帝，头上都携带有黑豆的乡土风格，散发着豆面气息，除了黑豆，也用覆盆子熬膏涂抹。我姥爷说过，黑豆喂驴，很有力气。

后来就成了传统。领导一般在位时都染发，青山妩媚。西方总统不染发，原色出场。

从外表看，染发是向时间妥协。

染发人内心都有一些想法，是想遮盖一些常识，或遮盖其他什么。

2017年5月19日

是一个关于通感的启示。黄河大堤下的孟岗小镇，我在父亲工作养家的营业所废纸堆里翻揭邮票，邮票像遗忘的桃花，我一一粘在纸上来画。曾得到一张面值八分的齐白石邮票。

后来知道这张画里镶嵌的一个故事。传统文人之间的游戏。老舍为齐白石出一道难题，要他画“蛙声十里出山泉”，几乎是命题作文。若放到平时，老齐是不吃这一套的，可这次是老舍。

齐老师后来一边交卷，一边暗笑。见他画了几只蝌蚪自山溪间顺流而来。别说十里，远处幽深，你说一百三十里也有。好在老舍没用“一百三十里出山泉”出题。

传统习惯里，画家可以仿，“仿”是一种传承格式。吴昌硕仿八大山人不算冒犯，张大千仿石涛不算犯错误，他们都可以在此处向大师致敬。但是，作家你一旦致敬了就是犯低级错误。轻者投机取巧，重者剽窃抄袭。连纸都会脸红。

我仿齐白石更不算冒犯。让李白为齐白石落款，我解构了李白和齐白石两位的关系。两位都是神仙。齐白石说：你身上有仙气啊！李太白说：你身上有地气啊！惺惺相惜。这事过后余兴未尽，我又写上副题，诗曰“飞流直下三千尺，不及汪伦送我情”。这嫁接俗手不为，真是衔接得不透气。

在以后的日子里，十里之内的人士一律叫好。

也有十里之外的人士。

有人纠正我，说：错了，前一句应该是“桃花潭水深千尺”。

有人再纠正我，说：错了，后一句应该是“疑是银河落九天”。

好了，下一次画此图，我会题上：“桃花潭水深千尺，疑是银河落九天。”

2015年11月26日，雪后

你要发枝，避让

——桃花语录

在我们村里的花谱上，桃花排在第二位出场，它一脸粉色。在花的顺序空间里，那时杏花即将转身。我姥姥教我的花谣是“桃花开，杏花败，梨花出来做买卖”。这是我们村里主要三花开放的顺序。杏先，桃次，梨再次。

花都知情达理。

后来读到林黛玉的诗，我记住两个叹息一般的句子：“桃花帘外开仍旧，帘中人比桃花瘦。”林姑娘写的像是对河南1942年大饥荒状态的预言诗。我服了林姑娘。

桃花也算世俗里的好运之一，桃子是祭祀神仙的五果之首，属于水果之王。其他四种是李、梅、杏、枣。桃子含糖量最高，我推断王母娘娘喜欢甜食，故给她献寿多使用桃子，不使用李、梅、杏、枣以及火龙果和蛋糕。吃杏过多也容易上火。

桃花发枝，不懂得避让，只顾自己来热闹。桃树还有一种出人意料的安抚功能，破开的桃枝木质多是粉红色，中国最早的春联就是用桃木板做的，称桃符。钟馗的剑柄也用桃木的而不去镶嵌钻石。

多年前一个晚秋，太行山满山的山楂红了，柿子红了，我要和一位姑娘上山打兔子，途中她让我去折一截桃木，说要带回家辟邪。

我小时候就会分辨乡村各种树木。她拥有智慧和妙法，后来她辟住了邪，连我也捎带辟住了。现在我还时常怀念她，一直后悔不该去折取那一段桃木。本来是说去打兔子嘛，怎么偏偏要和一根桃枝牵连到一起？

春天来了声音是粉红色的

“素”义本色、白色。孔子曰“绘事后素”。那“素人”就是白人或看不见的人了。丙申春夜，城市灯光如钛白色一样单调，郑州经三路忽然有警笛受惊响起，像一缕银色马鬃，贯穿一路。道路受惊，警笛不素。

我在画大白菜两棵，伪雅《素心图》也，题款云：“一素抵得天下味。”来自扬雄的“大味必淡”。后余兴未尽，又多补两行小文：“日语里管外行叫素人，白纸一样，内行叫墨人，染过黑了。”记不清哪里得到的片段，觉得“素人”这一称呼好。

前天刚和话剧演员黄先生畅饮一番，黄先生饱读诗书，留学东瀛，学过日文，看到题款，从微信上发来相关常识，说日文里称内行为汉字“玄人”，似无“墨人”一说。我不懂日文，日语也是从《地道战》里学的。一点皮毛知识都是天上飞来的不是渡海而来的，属于二手玫瑰。我的缺点是一向喜欢误读，误读出花。把玄人翻译成墨人最是好。

我回复解释：玄也有黑的意思。玄青就是深黑色。

黄先生说不必太认真。

我说政治可以不当真，遇到闲颜色得当真。

这样一扯，有素人成墨人的学术沉重了。两棵白菜画得一点不轻松。

2016年3月

引题(可略去不读)

一后生问禅师:日子如何过才有意义?禅师拿出一生一咸两鸭蛋,砸在后生头上。问:哪枚蛋砸得疼?后生答:咸的蛋疼。禅师说:闲得蛋疼就要找点事做,不必和日子较劲。

仿古·第一棵竹

九百多年前的一个月夜,元丰六年金色的十月里,我推算不准是礼拜几了,一个闲得蛋疼的伟大闲人,去邀另一位闲得蛋略疼的小闲人。两个闲得都有点感觉的闲人去一座寺里欣赏更闲的月光。

何为“闲”?东坡延伸:江山风月本无常主,闲者便是主人。

听听,髯翁一把就将闲提升高度了。简直是炼铀,提炼语言之铀,像居里媳妇。世上的闲是自找的,看你想不想当这样的主人。许多人都想进取进步想有意义,或终南捷径或道貌岸然。都不想当闲人,都怕蛋疼。我只好推断人民路上那许多逛大街者、流浪者、失业者以及那一匹猫,都是国家的主人。

这个故事缘于一把月光、几竿竹子,一位闲人成全了另一位俗人,强拉硬拽地扯进了文学史。要不,谁知道“张怀民”?我第一次听这名字时,觉得咋像一位北中原的乡党委书记。

觀察黑鳥的十三種方式
周圍二十座雪山
唯一動彈的是黑鳥的眼睛

丹竹·第二棵竹

用朱砂画竹,据说始于苏轼。先生会一人独自觅趣找乐,观察猪头肉。接近吾理解的“慎独”。

有人耻笑他,说世上没有红色的竹子,苏东坡问:“你见过黑色的竹子吗?”

朱砂有许多好处。除了写碑文和口服,可以点额、题壁、辟邪、避蛊、避不正之风。这有临床个例为证,钟馗说:桃木剑使用前用朱砂水浸泡半小时,舞起来呼呼作响,比洗衣粉效果更好。

谈好价钱·第三棵竹

凡入伙扬州八怪摆画摊者,多善画竹。

郑板桥竹子、金农竹子。两竿竹子性质不同:郑板桥画的是卖钱的市场竹子,金农画的是文人欣赏的竹子。一个俗竹,一个雅竹。双百方针。就看你的艺术立场了,是玩市场经济还是玩情趣市场。

一棵竹有风,两棵竹静止,三棵竹是鹤腿。竹境可见。金农谦虚。

與可畫竹
時見竹不見人
豈獨不見人嗒
然遺其身其身
與竹化無窮出清
新莊周世無有
誰知此疑神

皆用于世俗·第四棵竹

在我家，竹以实用为主，它们主要用于搭黄瓜架、丝瓜架、眉豆架，搭毛巾和尿布，没有吴带当风。或锯成截绑为鸡架，供酉们来栖。

吾二十出头开始种竹，都种了三十来年竹，且还在修竹。

春天出新篁，吾始伐旧竹。此举与杜工部“斩万竿”无关。我家既无新松也无恶竹，是平常的竹。我家种竹与胸有成竹无关，与气节情操无关，我家种竹也与典雅无关。皆入世而不入诗。

在这个世界上，竹子脆弱，它不如钢铁不如佛山瓷砖。（竹简则是另一回事，因为上面有字，只有写上字的竹子才会和历史抗衡。）

在这个世界上，造作和钢铁同在，从墨竹里探首，我经常疑惑：大白天，如今哪有乡愁？

2015年7月28日

归乡时最早迎接我的不是乡音,不是贺知章的孙子们。

是云朵。

是那些红脸膛。

上面带着沟壑的纵横,风霜的纹理。

我看到一条条绿色的河流一直向上,向上。

高低姿势不同的手臂举起来的一面面旗帜,你在上面贴着霞光。

2022年5月

壬寅初於鄭 馮傑

“全家都在风声里,九月衣裳未剪裁。”

这是冻伤的句子。是没有穿衣服的句子。是离棉花达十米远的句子。是牙齿打战的句子。是落了一层白霜的句子。是没有糊窗棂的句子。是得了关节炎的句子。

单衣句子,短袖句子,是穷人的句子。

2017年5月15日

全家都在風聲裡九月衣裳未剪裁
黃景仁句也
丁酉寫鄭馮傑

你知道王短腿吗

有一个后红学家，面对培训班男女学员，炫耀自己研究红学已集大成，说十二位主要人物性格生成。听了三节，陈谷子烂芝麻。前红学家嚼了无数遍的胭脂，说得多了都是学渣，毫无新汁。

实际上《红楼梦》我一遍都没耐心读完，自然没资格争论。主要是底气不足。

我剑走偏锋，问：“你知道里面的马贩子王短腿吗？”骤然冰雹，红学家停滞。一小人物出场就把他打蒙。我替林黛玉解一下恨。

我得寸进尺，说：“你连里面这个穿插人物都不知，还好意思称红学家？”

实际上这人物太小，像一颗露珠，一闪就过。

现代城市里有一种职业，叫“跑腿”。同城之内10元钱可送一袋子核桃。东城采摘，西城新鲜。“跑腿”近似快递的一种，我觉得这是真红学家起的名字。学问为用，又不侵权。

一个人如果学问不如别人严谨扎实，衣襟里要藏一两件冷兵器。关键时刻拿出属于自己的那一只鹌鹑，还要说是火星上的鹌鹑。

想起这二十年前的一粒芝麻旧事，放到现在肯定不会切磋。这和老谋深算无关。

2014年11月

借個火
辛丑初
馮傑

庄子说：北方大海里有一条鱼，叫鲲，体积真不知道大到几千里；变成鸟，名字叫鹏，鹏的脊背不知道长到几千里；飞的时候，双翅像天边的云。

在语言的坛子里，由鱼到鸟一点都不费事。

谁说散文不能虚构?

你问庄子家的鸟吧。

问个鸟。

2017年6月1日，儿童节，一如童语

一生負氣成今日
四海無人對夕陽

怕他個鳥
錄句為陳寅恪先生壯語也
今日讀起來氣蕩然耳
丁酉秋寫於鄭
馮傑

文字红，脸就红

我从一个文艺酒会归来，一路还没有从狂欢的运动气氛里回过神来，我在一路反思，是出“魁五首”还是出“哥俩好”。正在后悔一个枚的失误，手机上有了动静，是那一位无所不在的“长着一脸络腮胡子像鞋刷子、头发像一丛风中荒草”的人从火星上某一角给我转来一个邮件，上面说：

“培养自己对主流意识形态和君主们的怀疑。防范君主们。不要用意识形态的行话玷污你的语言。不要让因你的文学才能而获得的特权扰乱你的良心。不要歌功颂德：你将会后悔。不要为民族英雄写葬礼演说词：你将会后悔。如果你不能说真话，那就保持沉默。”

这一段话很是佶屈聱牙。我查了一下，是摘录的前南斯拉夫作家丹尼波·契斯的只言片语。这话不是中国作家能说的。

看到这一段话后，我作为一个从北中原基层乡村来到二线城市并且决定以码字为生的小作家，停顿片刻，顿时感到脸红。

咋能这样说话？不怕饭碗摔碎？很多作家是一块面团，揉进不同形状的模具里，被一双无形大手摔打、揉捏、定型、加醋、加糖、加味精、加鸡精、蒸煮，最后出笼。

三个目的：一、让食客们大快朵颐；二、赚钱；三、厨房里的某一种餐饮形式。

2011年5月，客郑

紅竹丹心
丁酉初春以硃砂植竹也
中原馮傑製

人活到一定年纪，暮气缓缓上升，整体显得不鲜了，需要提鲜。用绳子不能提，气韵不像水桶打水。有人靠经历提鲜，当年叱咤风云也不靠谱，人会得健忘症。记得钱锺书说过名人回忆录多靠不住。我对照当下许多“文革”回忆录，回忆受害的多忏悔的少。

木乃伊再熬汤也不新鲜。

郓哥和王婆谈判时说一句：“干娘，不要独自吃啊，你也把些汁水与我呷一呷。”汤成为一种利益主义者的隐喻。生活里，支撑鱼汤的灵魂是一个字——鲜。汁水不鲜，人就不呷。我周围的烹饪大师们提鲜靠一把芫荽。（个案是极个别食客不吃芫荽，嘴巴提不成鲜。）

熬鱼汤最后在恰到好处时刻，忽然撒一把芫荽，收锅。从比较文学角度论，有点像汪曾祺经典名篇《陈小手》那最后一笔。可惜汪曾祺先生竟不吃芫荽。

芫荽是张骞当年从中亚带来的，一路上，骆驼蹄子都是鲜的。

不吃芫荽有什么坏处呢？有，坏处是你竟然听不到骆驼蹄上的鲜。蹄鲜。提鲜。接近通感。

2017年5月24日，客郑

說食畫
須知單
先天須知

散观，味观

——我的散文观之一

世间那些“散文应如何去写不应如何去写”的理论大法，在一个“散”字面前，看起来似乎都是扯淡。

作为人人可为的一种文体，散文如水，放到任何容器里都可成形。

它不是白开水，应有可观性与可尝性。必须有自己的味道：有甜味，有咸味，有酒味，有茶味，有大酱生姜味，有辛辣芥末味，有金石味，更应有草木之味。

我自己喜欢的散文标准是：它看似漫不经心，顾左右而言他，实则一步步暗藏玄机，锦心绣口，透出妙心。喜欢看一种散文：合起来是文，文的样子；把每一句分开行是诗，诗的骨子；又不是诗体，更不是骡子类的散文诗。

想想，这种文章大概只有《圣经》和《金刚经》了。有心者也应该去接近它。努力加餐饭。

2008年10月

煮酒論英雄品茶說風月

前者豪氣後者閑情也

丙申初冬馮傑

什么是陷文诱和上文当？这气氛才是典型的标题党。许多名人大人都在如此借用牵强附会添色自己。譬如“副县长曾和我握过手”“我与《论语》”“和中南海不得不说的事”，如此种种。只是有的半遮面有的不遮面，全看一把扇子的适度。

梁实秋肯定是文学大爷，我和他其实没有联系，但是可但是也得有联系。

九曲十八弯，先套渊源。我小时候在语文课本上，第一次和梁实秋见面是因为鲁迅，课文里有鲁迅檄文，鲁先生把梁先生划入“资本家的乏走狗”，一笔赶到池里，他要痛打落水狗。从此梁实秋在我的文学视野里涂上一层灰色。

记得课文里面有接受“苏俄卢布”之语。可见钱能闹人，也让人心神不定，起码我是经受不住巨大的金钱考验的。果然，到后来梁实秋主动给我送来台币。

我一共获过四次“梁实秋文学奖”，举办方鼓励说，至今没人超过耶。我知道他们是说数量不是质量。梁实秋文学奖是台湾地区唯一专项散文奖项，是他得意弟子余光中先生倾力操办。说我爱梁实秋，不如说我更爱奖金。首奖15万，那些年我从来没有见过这样大的钱，认为可以买一大火车白菜，两大火车红薯，半车烧饼。

后一折算，根本不是那回事。数字也不吓人了。是台币不是美金。

余光中先生是我青年时代拜读过的诗人之一，他的一首《乡愁》众人动情，风靡两岸。2009年晚秋在台北有幸一睹余光中先生风采，余先生给我发完钱后，还说了一段话，他感慨道：现在两岸有鲁迅故居、冰心故居、老舍故居、林语堂故居、沈从文故居等文人故居，单单没有梁实秋故居；如能建成，可以告慰梁先生在天之灵。那一刻，余先生倾弟子之情，其话自是感人。

那一代文人在风云里翻过一页，都过去了。在碑里，在碑外。

在大陆文坛，文学界最权威的散文奖是鲁迅文学奖，我在台湾出版第一本散文集，后记里说，我获的奖的冠名者都是与鲁迅交恶的。要是在上世纪我父亲那个年代，以政治标准划定，我肯定也是一条要被痛打的落水狗。不是大狗也断定是一匹小狗。狗毛上尚有水珠，会惹得一身湿而且已惹了一身湿。

2010年9月7日，客郑

胡適圖

即葫柿圖
又名也昔流行
我的朋友胡適之一語
今日托名者依然耳
丁酉初於聽荷草堂馮傑

庄子语：人生天地间，若白驹过隙，忽然而已。

马鬃梳理着时间，一匹白马过去了，但是，那一块石头还在。

李白有句意：浮生若梦，为欢几何，秉烛夜游，良有以也。

夜宴再丰，还是要天亮；一支蜡烛再长，终有熄灭那一时刻。但是，石头还在。

面对燃烛烤火这些人的态度，我想起英国诗人兰德那首著名的诗，抄下最后两句：

我双手烤着

生命之火取暖

火萎了

我也准备走了

诗人只是写烤过火后的态度，他没有交代远处受到感染的那一块石头。

面对石头，我把平时画错误的画纸——觉得弃之可惜——推陈出新，统统画成了石头。触摸一下，还微微烫手。

2016年10月

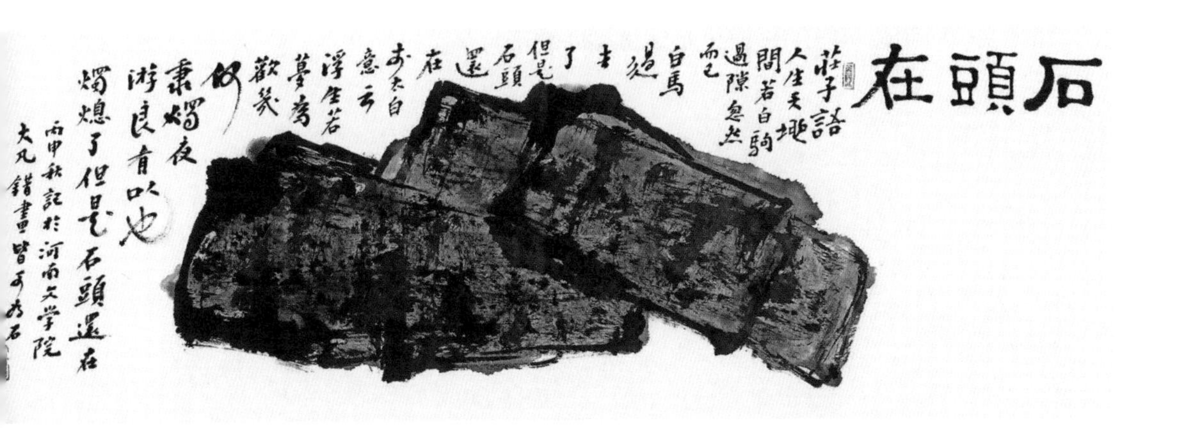

石頭在
莊子語
人生天地間若白駒過隙忽然而已
白馬過去了
但是石頭還在
李太白意云
浮生若夢為歡幾何
秉燭夜游良有以也
燭熄了但是石頭還在
丙申秋記於河南文學院

睁开双眼，你们也许明天就要启程了。

一位哲人晚年曾叩问世界，寄托过一句话："这个世界会好吗？"大树和羽毛都无法给出答案。

在你明亮的眸子里面，有更大的外面的世界和自由的天空；还有另一种可能，可能会在外面折断翅膀，羽毛飘落。

2021年5月4日

窺

外面的世界精彩嗎

辛丑初夏寫 中原馮傑

人的一生看起来很长，像一条系满烦恼和琐碎的绳索，貌似比人的腰带都要长。人生到尽头时才知道很短，不是腰带，竟像卫生间的一卷手纸：印象里厚厚的，不经意地抽着抽着，单听马桶哗啦一声吟唱，哪一天这人生就没有了。

再做一个比喻：像日子里一罐食盐，一家人都说要少吃盐，一捏一捏地来来去去。忽然一日，空罐见底。

我知道盐和手纸都挡不住时间悄然来临，它们最后都要漏掉，你等不等它们都要闯进门来。你的锁再好它们也要破门而入。

我只有在短纸上写些碎字，画些小画，尽自己能力款待时间，来虚度光阴，来细草间穿行，来养家糊口。

调好那些不靠谱的颜色，且要热爱微小的金钱，且要不时来自欺自慰。

2016年12月15日

事二如意

丙申初秋
写鄭清傑

至今我没有一张画坏的画。

听起来很自满。不是我的技巧多么高超，而是我会纸上"耍赖"，会笔墨"就地打滚"。

世上智慧的画家是不画实的。而是画虚，画空，画没有，画言外之意，画云深不知处不画童子，画余音不画梁。齐白石、八大山人、徐渭卖的都是空，吴昌硕卖的是实，故吴昌硕做生意亏大发啦。海派卖的都是实，扬州八怪们卖的都是虚。

"就地打滚"之法则是另一种纸上耍赖，又名起死回生之法。

譬如画坏的西施我最终改成钟馗；钟馗胡子也画失败了，就画成石头；石头失败了，就全部染黑；染黑失败了，开始在黑上画白。嘘！画一枝白荷出莛。

2008年4月

無邊落木蕭蕭下
丁酉初春
中原馮傑製

因为无聊。

因为感恩。

因为怀念。

是一种打发时间的方式。

是一种感恩的方式。

是一种怀念的方式。

还是一种剔牙的方式。疼了，敲碎文字或要用文字喊出来。

2008年4月8日

讀詩不如喫水果靠譜

詩裡有水份，水果有水平

丁酉初春於鄭州觀詩也 馮傑記事

跋

看官，天下有趣的文章都不是吭哧瘪肚写出来的，不是铁锤敲出来的，也不是用火硝用大盐腌制出来的；是随手画出来的，说是喝出来的也对。

若文章终于做到"推敲"之地步，譬如贾岛之类，多会是如此结果：把一个好句子关到门外了，进来一个可疑句子。门外的好句子委屈，句子风寒，句子感冒，句子打喷嚏，句子流鼻涕。那扇文学之门和好句子擦肩而过。

画句子很有趣。天下好句子若不想登在纸上脸红的话，一般都要带有一点自身的保温颜色，方敢露面出头，敢在文章里亮相，好句子是属于好色的"色句子"。

对比一下可知，中国文人锻造的好句子上都带着一层颜色，不同色。有没带色的好句子登台亮相，那是一种自带素色，天生的色，素色是更好的颜色，非高手不配制。

屈指计算，文坛上造素色句子的就那么几位：陶渊明、苏东坡、王梵志，个别未名氏。是素色难调的缘故。像水句子。

我写不出好文章，有自知之明，开始写好句子。画不出整头牛就单画牛腿。执一调色板，尽力在句子上多涂抹颜色，像明星演出前化妆半小时。哪知越描越糊涂，泥沙俱下，破绽百出，一时烦恼，心有挂碍，干脆想把书名改为《装句子》。

装，或留待下部书使用。

2017年5月，中原，听荷草堂

跋后再续，依然没用《装句子》

——《画句子》新跋

话说，我的诸册散文降生记：多是先繁后简，蹚水过去台湾，蹚水回来中原，从彼岸到此岸，转一圈原地踏步。也属私家“三通”。

某日此岸有识者，说，有点意思，可怜见的，那再出一次吧。于是，我就再来一次。如《说食画》，如《泥花散帖》，如《午夜异语》诸类。如今这本《画句子》又得此荣。

近似我太太担心浪费灶头的旧蛋炒剩饭，简称蛋炒饭。

也验证了我的作品无关痛痒，多一次少一次多一行少一行多一字少一字皆无所谓，便滋生“破罐并不破摔”之风气，慢写慢画。和画商们讨价论价，说，看这句子的颜色长得多齐整。双方面红耳赤。

我本是诗人，误入砚池中，写了40多年诗歌且还在一直写诗歌。诗人内心大体上是看不上空手拔牙者，看不上以月光来炸韭菜合子者，看不上把玩钢丝球者。

写作文多年，我一直是老式观点：好句子不该着颜色。也不知这句话是听谁说的。这点大体如做人。我姥爷说的“本分一点”，这看似吃亏实际不吃亏其实还是吃亏。世上着色的句子多是自身缺少微量元素造成贫血或“三高”的句子。现在，众人大体就喜欢化妆打扮句子。我曾一度想用《装句子》来名之，《画句子》在这氛围里二次出场。

此书繁体版为联合文学出版社出版，个别篇章和某种简体版重复，好在曲不高但和者寡，故多保持原样。插图做过调换，让人夺目一新,老户心里平衡一些。这也略等于废话。

杨莉女士约稿有耐心,放上鱼饵就不收钩。我就怕这样的钓者,不敢食言,认真编就。

此为再跋。

2022年立春之后,客郑

图书在版编目(CIP)数据

画句子/冯杰著. --郑州:河南文艺出版社,
2024.3

ISBN 978-7-5559-1544-7

Ⅰ.①画… Ⅱ.①冯… Ⅲ.①散文集-中国-当代
Ⅳ.①I267

中国版本图书馆 CIP 数据核字(2023)第 226358 号

选题策划 杨 莉 李建新
责任编辑 李建新
责任校对 殷现堂
书籍设计 吴 月

出版发行	河南文艺出版社	印　　张	12
社　　址	郑州市郑东新区祥盛街 27 号 C 座 5 楼	字　　数	123 000
承印单位	河南瑞之光印刷股份有限公司	版　　次	2024 年 3 月第 1 版
经销单位	新华书店	印　　次	2024 年 3 月第 1 次印刷
开　　本	700 毫米 × 1000 毫米　1/16	定　　价	79.00 元

印厂地址　河南省武陟县产业集聚区东区(詹店镇)泰安路
邮政编码　454950　　电话　0371-63956290